政代さん

1945年徳山村（今はダムの底）の記憶

はじめに

『政代さん』

平方浩介さんは五ツ年上の兄貴、と私はずっと思ってきた。そのように思う人は他にはない。一九八〇年代はじめ頃、業界の知己が「映画にしませんか」と童心社刊の児童小説『じいと山のコボたち』を勧められた。映画監督になって十年目の頃だった。映画は大勢の人間が集まってこしらえるモノなので結構な経費が要る。おいそれとは出来ない。「あんたの故郷の話だし」「ま、読んどきますよ」で『ふるさと』（一九八三年）の映画づくりが始った。

岐阜の同人誌『コボたち』の編集責任者だった国枝栄三さんに「徳山へ、人間を観に行きましょう」と乗せられて、とにかく鳥も通わぬ辺境の地、海ならば絶海の孤島の村で、まだ相当に生臭かった、当時は生地戸入地区の分校教諭だった平方先生に出会った。徳山村は、縄文時代以来の土地柄という触れこみだった。山間に点在する八集落からなるその村には昭和三十八年になってやっと全村に電灯が点ったというのだから極めつきの山間僻地には違いなかった。そこに、東洋一の貯水量を誇るロック・フィルダム建設計画が持ち上り、完成すれば本邦初の全村水没の運命が待ちかまえていた。

村には、その是非をめぐっていいわく言いがたい緊張感が漂っていて、私はその空気に圧倒されそうになった。平方さんは「非」の方の急先峰で、建設推進派の目の上のタンコブであった。

私は同じ岐阜の生れだといってもはるか川下の肥沃な田園育ちだったので、そのヒリヒリの空気感にたじろぎながら、山のコボと認知症の老人の物語を、その時「今つくるべき映画」と己れを励まし、故郷、生命、その老い、追いつめられてゆく時代などを思いながら、まだ本当に若かったので映画づくりに命を燃やして、夢中であったその時代に、この『政代さん』を読んで、私は根こそぎ引き戻されてしまった。

問わず語りにその生い立ちの断片、大ざっぱな一代記は知っているつもりでいたのだが、浩介さんはこのことを語《はな》したかったのだ。映画でいえば「母物」である。母物映画では生みの母と育ての母がいて、そこにはさまれた児の葛藤が必ず描かれて観客の涙をふりしぼるのだが、この小説は登場人物が次々と実名で現れ、それぞれすっかり作者に観察されつくして、祖父母、叔父、叔母、二人の姉たちは戦中、終戦、戦後の中で入れ替り立ち替り浩介の母役を演じる。継母《ままはは》の政代さんはその中を生きてゆく。そのいとおしい姿が旧徳山村の自然と、無用の長物に等しいダム建設に突っ走る他なかった国の経営を背景に描かれていて、私の兄貴像は少しもゆらぐことはなかった。

徳山は広大な山間の中の人里だったが、点在するそれぞれの村はその成り立ちも様々だと聞いていた。この小説の主舞台戸入《とにゅう》の祖が伊豆だという。

政代さんは夫平方久直に従って晩年をこの伊豆で過した。浩介さんは〝今生の別れ〟に伊豆を訪れる。その帰り際、玄関を辞した後、駈け戻り母子は相抱き合うのである。母とも思わず、その改悛と贖罪としかしどこかで慕い続けていたかも知れない子供ごころが高揚の極みに至る。

私は、兄の如くに思っているのだから、その心の内を知らないわけではなかった。しかし、文芸の力、改めてその深淵をのぞきみた思いがして、最終章のみならず、何度も目頭を熱くしたのであった。子にとってかけがえのないものは母、母性である。だが母も、母であっても人である。母と時代への評伝だと私は読んだ。（コロナ・ウイルス渦の二〇二〇年六月十六日）

神山征二郎

目次

目　次

雪路を

政代さん一家五人が、七年近く暮らした千葉県市川市を、夫久直の故郷、岐阜の山奥徳山村に向かったのは、昭和二十年（1945年）二月中ごろだった。

市川の家をたたむには、とにかく教員で七年共稼ぎした家財を、隣人や知人に一時預けたり、整理しなくてはならなかったから大変だったが、なにより、東京や日本のあちこちから届く戦況の惨状が、命あってこそという思いを先立たせて、事を急がせたのだった。加えて久直という男が、そういった争乱に、殊に臆病だったということもある。

徳山にさえ行けば爆弾を落とされることもなかろう、どうにか食い物もあろうというのが、唯一の理由だった。

昭和十三年（1938年）満州、大連を引き上げる時にも、これから日本人が大手を振って暮らせるぞと言われた時勢だったのに、あちらに匪賊（日本に抗うゲリラ）が出たの、どこそこでは日本軍と中国軍が、いくさを始めたなどという話に怯え、周囲から臆病ぶりを嗤われたりもしながら、逃げるようにして引き揚げたのが実情だった。

　とにかく血腥い事には芯から苦が手で、口には出せなかったが、命をかけてもこの国をまもるだとか、歯を食いしばっても頑張るのだというような、当時もてはやされた日本男児として欠けるところが多かった。政代さんにも、気弱な声で、わしにはどうも、ヤマトダマシイというやつが足らん気がすると、もらしたりしていた。

　千葉を発って岐阜に着くと、そこで数日間逗留した。山奥には雪が残っているだろうことと、政代さんが、実は四ヶ月の身重の体だったこと、逗留先も、久直の叔父の家という気楽さがあった。叔父半平は、徳山の家を離れて教職に就くと、若いうちから校長や視学職など重ねて、一家を構えていた。それに子どもは居ない。久直が岐阜に戻って来るについて、割合楽観的に話が運べたのには、この半平のお陰が十分有った。また叔父甥の間でも歳が十歳しか違わず、二人は徳山でも兄弟のように育っていた。

　着いてみると、半平は、久直、玲子、操の当分の身の振り方をも考えて呉れていた。久直はここから遠くない関市というところにある刀剣会社の青年学校に、玲子はそこの事務員として勤める、操はまだ女学校の学業が残っていたから、半平の家から市内の学校にということだった。

然しそうなると、ここから徳山へ向かうのは、身重の政代さんと末っ子の六歳、和江の二人だけということになる。

これは政代さんと久直にとって少々想定の外の成り行きでもあった。勿論半平の胸には一応想定されていたことで、雪も消えて道中の心配が無くなるまでここに居るが良い、無理して出かけにゃならんということも無かろうということからだった。だが、そこは政代さんの気持ちが許さなかった。逗留しながら叔母と台所に立ってみると、そのつましさも十分察せられる。食べ盛りの操まで預かってもらわなくてはならない……。

今年は特に雪も多い。しかも身重の体ではと半平夫婦に強く引き止められ、久直もまた叔父夫婦の好意に傾きかけはしたが、政代さんは振り切るように、一日も早い徳山行きを決心していた。

叔父夫婦への遠慮と同時に、政代さん自身、自分の体に対する自信のようなものもあった。故郷岡山では、師範学校時代、陸上二百米走で選手権を取っていたくらいの体力で、和江を生んだ時にも安産に近かった。徳山への雪道が、どれ程難儀なものか、雪の無い岡山育ちでは想像もできないと不安がる久直を、説得するのに手間取った位だった。明日出かけるという夜、床の中で口にする久直の言葉は、励ますというより政代さんを不安にさせることばかりで、なだめるのは政代さんのほうだった。お前が向こうに行ってしまったら、徳山には電話も無いから言葉も交わせない。郵便も雪で滞り、春には雪が解けるといっても、ここと徳山では距離もあり、その日帰りもできない。言われてみると、こんなふうに遠く別れて暮らすのは一緒になって以来初めてのことだった。政代さんはこうでも言ってなぐさめるより仕方ない。それでも別れて戦地に行く兵隊さんたちのことを思えば……。まるで子どもでもなぐさめるふうに。

然し口にして、政代さんも改めて想う。これが本当に久直出征の前夜だったらどうだろう。それは決して夢のような話ではない。もう国の外だけでなく、国の中でも戦争を考えなくてはならなくなったとか、若いものばかりでなく久直の年令の者も兵隊に取られたと聞こえてくる。いつ召集令状が来ても不思議ではないのだ。

久直も同じ気持ちに捕らわれたのか、政代さんのふところでそれきり黙った。朝出発に先立つ身ごしらえも、政代さんにとっては生まれて初めてのものだった。叔父夫婦や久直は徳山育ちだったから当り前に思っても、蒲（がま）で編んだ脚絆やわらじは見るのも着けるのも初めてだったし、それで雪道を歩く自分の姿を想像できなかった。もんぺも二重にはいた。その姿を久直は不安気に眺めていた。

叔父の家を出ると、バスの出発所までは久直が見送りについてきた。バスは、岐阜を出ると、長峰という終点まで行く。かかる時間はだいたい三時間余りとみて、着くのは昼ごろだろう。途中バスが動かなくなったりするから、正しいことは分からないが、迎えの者も来て呉れていることだし、それに長嶺から少し歩いた二軒屋という所には、徳山から郵便物を運ぶ為の人夫三、四人は来ていて、それも一緒だから心配ないと言われた。

バスに乗るまでの市内電車の中で、久直は何度も和江を抱きしめた。政代さんに、別れを惜しむ感情を和江の体にこめているようだった。

バスに乗りこみ、いつまでも手を振っている久直が見えなくなると、バスは市内のうちは良かったが、舗装が切れて、揺れがひどくなった。そのままでいると、座席から三十センチも跳び上がってしまう。急いで座席から立った。脚で調子をとりながら腹部の揺れを少なくしてみるが、こんな風に長峰とやらまで辛抱しなくてはならないのか。時計を見ると、これから二時間近くかかる筈。正確にわからないことも不安をかき立て始める。半平夫婦の言うことをきいて、無理しなければ良かったかなと、ちらと思ったが、然しこれはバスによる難儀であって、雪を考えて春にするか冬にするかは関係ないことだと思って自分を励ました。

長峰に着いたのは昼近くだった。着いてみると思ったより早い気がした。体調も悪くはない。それよりこれから先をバスに揺られなくても良いことでホッとした。

長峰は、特に冬場、徳山の人で賑わうという。まだ尾根雪の残っている平屋の、薄暗い土間に、年取った夫婦が、バスの切符を売ったり、田舎向けの日用雑貨や、広口びんに駄菓子を入れて売っていた。和江に欲しい物はないかときくと、辺りの人を見上げ見まわしながら、無言で首を振った。

バス到着の騒ぎも静まって人ごみも落ち着き、さて弁当を何時開いたものかと思っているところへ、狭い入り口へ大柄な男の人が二人ぬっと入ってきて、おい平方さんのとこの奥さん着いとらんかやと爺さんにきいている。爺さんが、さあというのと政代さんがわたしですと名乗るのが同時だった。

どうもどうも、バスが着く前だとおもっとったのに遅うなって済んません、わたし北村です、これは中村。二人とも、久直先生の教え子です。まあ、そうですか。雪の中を本当に迷惑かけます。御世話になります。見ると二人の脚にはひざまで雪が着いていた。

長峰に着く前から、バスの窓から辺りの山や道路沿いの尾根雪は見えていたが、二人の雪を目にすると、さあここからが雪道なのだと、改めて思わされる。

わしらは二人ともできが悪うて、久直先生にようおこられたりして世話になったもんや。何でも遠慮なしに言うてくださいい。身内といっしょやで。教員になりたての頃、久直は本郷の学校に居たのだ。三人はすぐ親しい仲になった。目指す徳山が、夫と親しい人たちが多く住んでいる所なのだと改めて思って、政代さんはほっとする気分にもなった。すると脇で三人の話を耳にしていた店の婆さんが、そうかいな、平方さんのとこの奥さんかいな、それはそれは、それで平方さんお元気かいな、先生ばかりでのうて、リンぺさんも、おサキさんも、わしは昔から知っとるんやがな、着いたら、よろしゅう言っといてくれやな。ばあさんがお茶だけでなく梅干しも漬け物も出してくれた。白菜や大根の田舎漬けがなんともいえずおいしく、政代さんが誉めると、婆さんはそれを新聞紙に包んで持たせて呉れた。

昼飯が済むと、三十キロ程先の郵便受け継ぎ所、三軒屋に向かう。今日そこには人夫三人が来ていて、平方先生のことならと、自分たちが着くまで待っていて呉ているのだと言う。

ほんの二十分も歩かないうちに、道は雪道になっていた。和江はもう北村という人の背に負われ、政代さんの荷物は全部中村さんの背板にくくりつけられている。さんざんバスに揺られ続けてきたそれまでより、うんと体も気分も軽く、政代さんは改めて人のつながりの不思議な有難さを感じる想いだった。切符売り場の婆さんは、徳山の姑たちの名前まで覚えていた。夫久直のことも……そのつながりの古さと長さと広さの不思議……。

そんな気持ちにひたれたのもそれまでで、三軒屋から郵便人夫の人たちと一緒になり、北村さんの背中の和江も合わせた七人が、いよいよ峠に向かう坂道にかかると、道の雪はひと足ごとにと思われる程深くなってくる。さあここからが勝負じゃぞと声を掛け合った辺りからは、へたをして落ちこんだりすると、腰まではまりこむ深さになっていた。中村さんが一足先を歩きながら、ここに足を、そこは落ちこむからと案内して呉れるので良かったが、先を行く人夫の中には、油断して、荷を背にしたまま谷底にはまり込み、まわりを騒がせたりした。落ちた本人は仲間から、この寒中にアマゴでも漁りに飛び込んだのかとからかわれ一同の笑い者になったが、はまりこんだ跡の暗い穴を目にして、政代さんは思わずふるえた。

聞くと今歩いている所は、夏場など路は無く、冬場峠への近道として、ただ谷沿いの斜面に雪道を踏んだだけの所なのだと言う。そのせいで、歩く左側は、殆んど肩が触れる程の斜面になっていて、一歩誤まると先程の人のように、谷底へ落ち込むことになる。また、ここまで深い雪道ともなると、ただ先の者の足跡を拾って進むだけでもいけない。その跡が古いものだったりすると、直ぐ腰の辺りまで落ち込んでしまう。

政代さんは、足が疲れるというより、肩が凝る思いだった。体より神経が疲れる。踏み出すひと足ひと足に注意が要るのだ。これまで冬山登山の経験もない、見るもの触れるもの生まれて初めてのもので、千葉を発つ時にも、岐阜を発つ時にも想像したことのない道中なのだった。岐阜で叔父夫婦が、その体験から色々心配や注意をして呉れた、その一つ一つが身にしみておもいだされる。

おおい、峠に着いたぞ奥さん、まあひといきや、がんばれ。

十メートルも先に着いて、手を振って呉れるのは、先頭の郵便局の人で、これも久直のことを十分知っていた。狭い村で教師をしていたのだから、教え子だけではない、村じゅう久直のことを知らない者はないといってもいいのだろう。登り着くと、そこには突然トンネルが黒い口を開けていて、向こうに、丸い鏡のような出口が白く光って見えた。

トンネルの入り口で、雪の上に腰を下ろしてひと息入れた。誰かが干し柿を出して皆なに配った。やはり政代さんたちの暮らしというよりそこでの戦災話が中心になる。住んでいたのは千葉の市川なのだが、彼らには東京も千葉も同じらしかった。そうしていると中の一人が、それでどうや、この戦争はこの先どうなるんやと切りだしたら、一時みんなしんとなって、顔を見あわせたが、その声で、こうしていると日が暮れるでというのを合図に、そろって腰を上げた。戦争の行く先を、話題にしたくないものがそこにあった。それでも十五分くらいは体を休めることができたろうか。

落ちてくる雫に打たれながら百メートルほどのトンネルを抜けると、直ぐ反対側の谷道を下ることになる。ほれ、徳山に着いたぞ、ここからが鳥も通わぬ徳の山や。眺めると、目の前には雪をかむったいくつもの山が重なって見えるだけで、人の住む家は見えない。あの幾つもの山のどこかのふもとに、徳山の村があるのだろう。さっき誰かが言った、鳥も通わぬ徳山の村が。気付かないないうちに、ずい分な所に来てしまったものだと、政代さんは改めて思った。くり返すが岡山に居た時にも、雪の中のこんな所へ足を運んだことは一度もなかった。

登り坂より下る方が、体は楽でも気が疲れると、トンネルの中で言われた通り。冷や冷やすることが多かった。かかとで足場を固めながら降りるのだが、気を抜くと思わぬ所へ滑り落ちてしまう。前に行く者の足跡を辿ればそれで安心というわけには行かない。あわてずにそろっと進め、少し位滑ってもわしが止めるで心配ないぞと北村さんが前を進みながら言って呉れるが、その背中には和江がしがみついている。気をゆるめるわけにもいかない。そうしているうちに、先頭を行く人夫の人たちとの間が開くので、政代さんは気をつかった。中村さんが、しんがりから大声をかけた。おおい、ここまで来りゃひと安心やで、おまいらは遠慮せずに先をいってくりょ。わしらはぼつぼつ行くで。ほしてな、着いたらカンベイの衆に、無事で来よったからって伝えといて。済まなんだな、いろいろ。

政代さんもいっしょになって大声を出すわけにもいかない。小さく口に出して礼を言った。カンベイは本郷にある叔母の実家のことだった。今夜はそこで世話になって、明朝戸入に向かうことになっていた。中村さんに、ほんとに色々気を遣っていただいてと言うと、二人とも、奥さんこそ気を遣うな、これがわしらの勤めじゃでと笑ってくれた。それからは、焦る気持ちも少し無くなって、無事降り路を進むことができた。

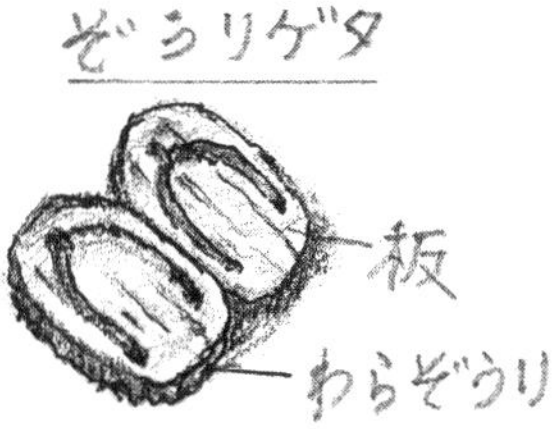

村に着く

本郷に着いた時には、四時を過ぎていた。カンベイの、まだ雪囲いを取れないでいる暗い家の中には、灯りがついていた。勿論電灯などではない。改めて岐阜を出た時を振り返ると、やはり長い難渋の旅だった。

カンベイの家では、初対面であるにも拘わらず、殊《こと》の外親しく迎えて呉れた。戸入の家とのつながりや、久直の教員時代での親しさもあるに違いない。その絆の有難味といっしょに、政代さんはふと不安も感じた。この人たちは、自分と久直が一緒になった事の、一部始終も十分に知っているに違いないと……。

勿論そんなことが話題になる筈もなく。政代さんの方から語る筋のものでもない。然し、この人たちがどんなに絆の深さを感じて呉れていたにしても、とにかく政代さんも和江も、この人たちには初めての人間なのだ。

初めての雪道でさぞ辛かったろう、疲れもしただろうと、親切に対応して呉れる家の人たちに、疲労で応える力も余り無く、言葉も少なくなりがちなのを済まなく思いながら、政代さんは湯気の立つサツマイモを食べた。和江も、時々政代さんを見上げながら、黙々と食べている。

　やはり、家族についての話題は出なかった。玲子や操についても、その安否を尋ねられただけだった。それも、主に戦災の様子で、今後の戦の雲行きとかも、一番気になる筈のもののなのに、話はまず、あのトンネルの入り口でのように、黙りがちになることが多かった。こんな、新聞、ラジオなど全く不便な所でも、戦さの雲行きの話になると、まるで関市に住む久直の便りにあるような感じ方になるのかと、少し不思議だった。

　雑談のうちに夕飯も済むと、今日一日の疲れもあり、明日は、また戸入まで頑張らにゃならんとのすすめに甘えて、和江とコタツ布団にもぐった時には、それでも八時を過ぎていた。横になる前に、政代さんは、そっと十字をきり、祈りの詞を唱えた。叔父夫婦、北村さん、中村さん、郵便人夫の人たち、そしてこの家の人たちを想い浮かべながら。——天に坐します我れらの父よ、願わくば、御名をあがめさせ給え、御国を来たさせ給え……。

　翌朝目醒めたのは八時。ぐっすり眠れた。疲れも余り残らず、うれしかった。昨日北村さんたちに、明日は、蛇（じゃ）の唸りやぞ奥さんと脅かされたのだが、それほどでもなかった。まだ眠りこけている和江のそばで、政代さんは静かにラジオ体操をした。今日一日への備えだった。幸い空もはれるらしい。障子からの光も明るく、政代さんの気分も安らかだった。

台所のある居間では、朝食の支度でもしているのだろう。食器の触れる音などが聞こえてくる。政代さんたちが夜を過ごしたのは、仏壇のある座敷だった。少し障子を開けて見ると茅ぶき尾根に雪の残った隣家が畑の向こうに見え、脇の道で挨拶を交わす声が積もった雪の間から聞こえる。政代さんはこんな眺めも初めてだった。岡山では家と家の間は広々としていて、勿論雪などない。

お早うございますと台所に行って見たが、もう支度は済んでいて、手伝うことは何もなかった。朝食をとりながらの雑談では、主に久直の教員時代の話が語られて、それに政代さんへのお世辞が幾分含まれていたにしても、彼の人柄が、村の者に嫌われてはいなかったのだと分かって嬉しかった。それは戸入の家の舅たちに就いても同じことで、この村でのこれからの暮らしを安心させて呉れるものでもあった。

久直と一緒になって以来、政代さんは一度もこの徳山村に入ったことが無い。姑のサキが、一度千葉まで来て呉れたことがあって、わたしも一度山へ行かなくてはと言うと久直からあんな所にまであわてて行く必要はない、そのうち交通の便が良くなってからでも遅くはないと言われ、ついそのまま過ごしてきた。千葉に来たサキにも、本当は自分の方から訪ねて、御挨拶に行くべきなのにと恐縮すると、ああ、そんなことは気にしんでよい、お父っさにはわしからそう言っとくでと言って呉れていた。

岐阜を発ってバスに揺られながら、初めて足を踏む戸入の村、特にこの先我が家となる平方の家についていては、いろいろ想ってきた。舅の林平について、久直の口振りは良くなかった。金銭の出入りには病的なほど厳しく、体も丈夫でなくて、百姓仕事の大半はサキ任せ。わしはこういう弱い人間で、先祖の作って呉れたこの財産を、一銭でも減らさんことだけがわしの務めなのじゃと、口ぐせのように言い暮らしている。わしの師範学校行きも大反対で、それができたのは、ただ母とその弟の半平の強いすすめと、その為に母が百姓仕事で忙しい中、養蚕に励んで金を作って呉れたお陰と言って、母親を褒める反面、父親への悪口は尽きなかった。両親との夫婦仲は、お世辞にも良いとは言えず、父は母をお前はこの家の貧乏蟲じゃとののしり、ひとつの床に頭を別に互い違いに寝ながら、母が昼間の疲れでイビキかいたりすると、乱暴に蹴り起こしたりする。それなのに別れもしないで、作った子どもは自分の上に死んだきょうだいが三人も居る、夫婦というものは不思議なものだ、訳が分からんと言っていた。

その二人の所へこれから入っていく。いったいどんな暮らしが待っているのか、政代さんに、見通しなどまるで無い。唯、サキが千葉に来た時、政代さんの前に手をついて、小さい娘が二人も居るようなところへよう来て呉れた、苦労かけるが、わしら共々よろしゅう頼むと言って呉れた姿が目に浮かび、いくらか慰めにはなる。然しそこで政代さんの心配は立ち止まってしまう。とにかく、この先には、政代さんのこれまで経験したこともない暮らしが待っているのだ。ただそんなことを、前もって不安がったり、心備えを用意しようとしてみることは無理というもの。あとは神の意思に従うより他はなく、信仰とは、こういう時にこそ在るものだろうと覚悟するより他なかった。

戸入から出迎えのマサユキさとヤヒチさが、カンベイの家に着いたのは、十時過ぎだった。待ち構えていたから直ぐ発つ。道中かじって行きなさいと、干し柿や落花生を入れた袋を首にかけて貰って、和江も上きげんだった。村のはずれの一本橋を渡って池田の村に入る。和江はそこからマサユキさの背中に負われた。先の道は昨日のような坂があるわけでもなく、楽な道中だという。少し歩くと、道は濁り気味の急な流れに出た。本郷を離れるとき丸木の一本橋で渡った流れよりややせまくはなっているが、かなり濁っている。何故こちらが濁っているのかときくと。こっちはなだれが多いせいだろうという。戸入との間に雪崩がなけりゃ良いがなあと二人は言い合ったが、言葉にも顔つきにも、それ程心配そうな様子はみえなかった。それでも、朝はちっと出遅れたで、できるだけ急いだ方がよいなあと、安心しきれないようなこともつけ加える。

それから十分余りも歩いたろうか、悪い予想が当たって、目の前に大きな雪崩れが落ちてきていた。こりゃ良かったな、死ぬとこじゃったに、と二人は言ったが、言葉と顔つきはさっきと同じように、何か世間話でもするように落着いていた。雪崩れには、木の根やけっこう太い枝、それにひと抱え程ある岩や、山肌の土と想われる物などが混じっていた。マサユキさが、テノコを抜いて、上から落ちてくる物に目を配りながら、邪魔になる枝などを伐る。ヤヒチさがその後の小枝などを、同じように腰のナタで払って進む。だいじょうぶですか、もう雪崩れてきませんか。政代さんが上を眺めながら心配すると、これなら落ち着いとるで心配はない。それより奥さん、下の方へ滑っていかんよに、わしらの足跡をよう見て。川の水は、水浴びしるにはまんだちょいと冷たすぎるでな。見降ろすと、雪崩の裾は急流に洗われていた。ヤヒチさの軽口に笑うこともできなかった。

ほぼ七、八メートルの雪崩の斜面を、背筋を冷やし乍ら渡ると、こうした所が上流には幾つもあって、それが川をせき止めてにわかダムを作り、そのうち切れて鉄砲水になるのだという。特に谷川にはそれが多く、曇り空にはまんだ良いが、日照りには、あんまり谷へ釣りに入るもんじゃないなと、これは釣り好きのヤヒチさが、まじめに言った。

話は変わるが、ねえさんも、これがいなとこへよめに来て、えらい災難じゃったなあ。ヤヒチさが、急に、いかにもしみじみした口調で言うので、マサユキさも政代さんも思わず笑ってしまった。が、続けて、よっぽど久直先生に惚れとったんじゃなあと言ったのには、政代さんだけ笑えなかった。そう言われて、ふいに、久直に惹かれていた満州時代の頃を思い出してしまったからだった。その時代の頃のことを、これから暮らす村の者たちに、少しでも悟られることは、嫌だった。理由はわからなかった。

和江がマサユキさの背中で何か言ってマサユキさを笑わせると、ヤヒチさがすかさず、見よ、マサユキが、久しぶりにワカい娘を背中にして嬉しそうにと言って笑わせる。

わしらはここを、重たい思いをしてタマリや塩を負んで通うの。ふしぎと酒を負んたほりにゃ、それほど重いとも思わんがな……。

戸入ムラの家

行くうちに、道の急な曲がりから、ほれ、奥さん、あれが戸入のムラじゃ……。手前に三十軒ほどの板屋根と、その向こうに何軒あるのか茅ぶき屋根が見える。割りに早う着けたなァ、足跡が固まっとって歩きやすかったでな、奥さんも足が丈夫で休みもしなんだし。それでも、時計を見ると二時を過ぎていた。

ヤヒチさの軽口に乗せられて辛らい思いはしなかったものの、やはり体には疲れを覚える。ムラのたたずまいに見入って政代さんが足を止めると、ヤヒチさもマサユキさも、見馴れた景色に改めて見入る。

ムラは、包み囲うような山裾に、こびり着いたように固まっていた。山には勿論、厚く雪が残っている。家々から立つ煙のせいだろう、全体が薄青いもやに包まれていた。

しんとして、もの音ひとつ聞こえてこない。街の騒音に耳馴れしている政代さんには、そこにひとが暮らしているように思えなかった。異様にさえ思われた。でもこれから、あの中に住むことになるのだ……。

村の奥に立つ山を指して、ヤヒチさが口をきった。あれが戸入富士。わしゃまんだ、富士山ってものを見たことがないが、本ものは、あがいなもんじゃなかろうがなァ……。それでも美しい山じゃろと、政代さんに同意を求める。見ると、なるほど円錐形の小じんまりした山がムラを見降ろしている。ほんと、いい山ねと、政代さんはあわてて同意した。正直言って政代さんも、青空を背にした本ものの富士はこのところ見た憶えがない。

ヤヒチさが続けて口を開く。ここからは隠れて見えんが、ムラの真向いに扇山ってのがあってなァ、これはいつ見ても美しい。それが、ねえさんの家からはまともに見える。毎年、初雪を報らせて呉れる山でな……。軽口ばかりのヤヒチさが、山の話になると急に真面目になったのが、政代さんには面白かった。

さあ、いつまでこうしとるわけにもいかん、そろそろ出かけようかと四人が動きだした時には、背中の和江は眠りに落ちていた。

ムラに入ると、両側の家からコンコンと何やら打つ音が聞こえてくる。あの音はときくと、ヤヒチさがあれはワラ打ちよと短かく答えた。が、政代さんには何のことか分からない。ムラで冬の仕事といえばワラ仕事。ワラ打ちは、トックリ型をした木槌で、平らな石にワラを置き、それで打ってワラのセンイを柔らかくする。こうすると、それで縄をなっても草履やわらじを編んでも、しなやかで丈夫なものになる。これは主に子どもの仕事になっていると、政代さんが知ったのは後のことだった。

ムラの中の道は、家々のほぼ中心を一筋に奥へ延びていた。ひんぱんに人が歩くせいか処ろどころに土も見えていたが、やはり雪が多くて歩き難い。

目指す政代さんの家は、その道から右手に外れて、急な坂路になっていた。石組みはしてあるようだが、中心の道からそれているせいもあって、雪がけっこう残っている。これも歩き難かった。それでもその家に、首を長くして林平とサキが待っているのかと思うと、殊に儀父林平とは初対面でもあり、胸が鳴った。

ほれ、あれがねえさんの家じゃ、いかい家じゃろと、ヤヒチさがあごで指す。街で大きな構えには馴れているから、さほどにも思わなかったが、屋根はトントンぶきで、広い二階建ての上には、まだ雪が残っていて、雪溶けのあまだれがしきりに落ちていた。ひさしの下は雪囲いがしてある。その周わりには雪がうず高く積もっているが、きっとこれまでに落とした屋根雪のせいだろうと、これは政代さんにも説明がつく。この屋根雪のお陰で、吹雪も入らず、見た目には不自由そうにみえるが、けっこうぬくといい思いができるのよと、これはヤヒチさが言った。

それでも坂の脇の石垣の間には、黄緑の草がもう芽をだしている。石垣の上に広がる畑らしい所には一面にモミがらが撒かれ、それを指してヤヒチさが、見よねえさん、一日も早う雪を溶かいて、早う畑仕事に苦しみたいって、こうゆうことをしるんじゃぞ。百姓ってもな、業（ごう）なもんじゃなとつけ加えた。政代さんからは、一日も早い春の訪れを待つかに見えるのにと、ヤヒチさの言い方がおかしかった。

　こちらの話し声ででも聞こえたのか、入り口にサキが出てきた。千葉で会った時より大きく見えて驚いたが、近寄って見ると何のことはない、厚いしとねで着ぶくれているだけだった。そこにも寒い暮らしがのぞけてみえる。

　やれやれ、よう無事で来たなあ。雪崩は無かったか。道にはけっこう雪もあったろう。とにかく何事も無しに着けて良かった。

　わっらもご苦労かけたと、これはマサユキさとヤヒチさに言う。

　それからマサユキさの背中から、和江を受け取り、和ちゃんってゆったかなこの子は、よう来たよう来た、待っとったようと、小さな頭をごしごし撫でた。着ぶくれたサキの腕の中で、少々迷惑といった顔で和代は政代さんを見つめている。そんなことにサキはかまわなかった。さあ、わっらは脚ごしらえをはずいて、上がって一杯飲んでってくりょ。仕度してあるんじゃでと、今度はそちらに気をつかう。

でも男二人は目くばせし合って、なんせ二人とも色男じゃもんで、かかがやき餅やくとやっかいじゃでな。ここでごぶれいしる。するとサキはあわてて、あがりがまちに並べてあった五合びんの酒を、礼はまた後でさして貰うでと渡した。二人が上がって、ゆっくり呑んでいくようなこともなかろうと用意していたものだった。

まだ一度も会ったことのない舅の林平の姿が気になってサキの顔を見ると、あれか、あれはここじゃ、と間の障子を開けた。林平は囲炉裏端に座ってワラ仕事をしていた。顔をあげてにこにこしている。お父さま、政代です。ほんとに、長い間ご挨拶にもあがらずと、恐縮いっぱいに初対面の挨拶をすると林平は無骨にひざのワラごみを払いながら、御無沙汰はお互いさまじゃ、それにしてもこがいな遠いとこへ、えらかったなあ、えらかったなあとくり返し言って、さあ、とにかく上がってと囲炉裏端の座布団をすすめた。囲炉裏の周わりには、使い古したむしろの上に座布団があった。

林平は、マサユキさなどとは違った色白で、百姓で鍛えたとは思われない肌の、体の作りもきゃしゃだった。顔立ちは久直に近い。政代さんに向ける眼差しは柔らかく、ほっとさせられるものがあった。前もって久直から言われていた印象と違って安心させるところが多かった。

浩介

林平との挨拶が済むと政代さんは思わずあっと声を立てた。大切なことを忘れていたのだった。

お母あさま、浩ちゃんはどちらです。

おう、ほんになあ忘れとった。さっきまではここに居ったんじゃがいつのまに。するとその傍らで和江が、男の子なら、二階の窓から覗いていたよと教えた。やっぱ子どもどうしじゃ、えらいもんじゃと二人で感心する。浩介は、久直の先妻がその為に命を落とした子だった。生んで一週間で亡くなった。葬儀には政代さんも同僚として参列したが、小さく抱かれた姿を垣間見ただけで顔も見ていない。ましてその時、その子の母親の立場になるなど思いもよらなかった。その時から久直を慕う気持ちはあって涙したが、子どもたちへの同情は、その子により、受け持ちだった玲子と操の姿に向けられていたといっていい。

今度こちらに向かうに当たって。千葉を発つ時から、久直や玲子たちと浩介のことは話題にしていた。あの時あんなだったから、もう二年生になっている筈。可愛いくなっているといいね。ひょっとしたら、にくたらしい田舎坊主になっているんじゃないの。玲子と操が話しているのを、政代さんも聴いていた。勿論政代さんだって、千葉に居る時から浩介には係わってきた。一年生になった時、仮名文字学習の板かるたを送ったり、それに添えて駄菓子を送ったりしたのも政代さんだった。久直が定期的に届けた粉ミルクの荷造りをし続けたのも政代さんだった。

おおい、坊！　こうすけ！　降りてこにゃあかんが。みんなが来とるに！　母ちゃんも来とるに、なにをしとるんじゃ、早う降りてこい……。サキが二階に向かって叫ぶ。

しつこく呼ばれても、浩介は降りて来そうになかった。しかたないやっちゃな、とつぶやきながら、サキが二階に登り、上のほうで、おまいの母ちゃんが、東京から来たんじゃど。早う降りて来にゃあかんが。待ってくれとるんじゃでと、口説いているのが聞こえた。

浩介はやがて降りて来たが、それでもサキと一緒に部屋に入らずに、扉の間から顔を出しているだけだった。そのまま動こうともしないので、皆んな暫くしんとしている。

サキも林平もそれ以上せかさなかった。出会ったことの無い母子の初めての対面。

はたしてどうなるかと、成り行きを見守る二人の目つきだった。

浩介ちゃん。浩ちゃんて呼んだ方がいいのかな？　政代さんが口をきると、浩介は扉の影から離れおずおずと部屋に入って来たが、直ぐサキの傍に座った。

浩介は、綿入れの筒袖にぶ厚いももひきをはいていた。ちょっと新しく見えるのは今日の為だったかも知れない。頭も刈ったばかりのようだ。政代さんの誘いにたいしては、むしろ後ろにさがったようにもみえる。

お父さんお母さん、本当なら、わたしが引き取って育てなくてはならなかったのにと、謝りたかったけど、浩介を前にして口にできなかった。それでも涙につまりながら、ほんとうによくここまで育てて下さってと言ったら、サキは首をふってそれはわしらじゃない、川口のわしの母親が育てたのよ、あれがこの子の命を救ったのと言った。それは政代さんも、粉ミルクのあて先は川口キク宛だったから知っていた。かなりの年齢なのに老人二人で浩介を育てているということも知っていた。

サキに寄りそっている浩介の姿を、政代さんはしみじみ見つめる。第一、生まれて二ヶ月足らずの児を、こんな不自由な山奥に、満州くんだりから無事抱いて来たこと事体、しんじられない。それも今から八年も前に。そしてそれを、年取った二人が粉ミルクでそだてる。それがこの子かと思うと、殆ど奇跡に感じられた。そして育てられながら、この子自身はどんな想いの中で育ったのだろうと、改めて想像してみた。自分の両親というものについてどんな想いを持ってきたのだろう。玲子や操のように、七歳八歳で母親を亡くした場合とはずい分違うにちがいない。

そして、今、母親と称する自分を目の前に、どんな思いをしているのか。文字通り降って湧いた事態に、感想の持てる筈もなかろう。もしかするとこの子は、母ちゃんという言葉すら、理解し得ないでいるのではないか。そうだとしても、無理はない。自分は今、突然目の前に現れた、どこかのおばさん。和江も同じ。急に現れたどこかの女の子。乳飲み子の時に玲子たちは会ったと言っているが、浩介にその記憶が無いなら、これも同じに違いない。久直さえもそうかも知れない。これから先、これがお前のかあちゃんだと周りから言いきかされながら暮らすうちに、この子がそうなのかと納得するまでに何年かかるのか……。

玲子も操も、母親を亡くした時の事情は分かり、久直が傍に居て躾も気遣いもしてきたから、どうにか親子の形をつくってこられたが、この子の場合はそうはいかない。第一久直自身、この子と父と子の関係を悟らせていくのに、相当の努力を必要とするに違いない。

このままでは政代さんに悪いと思ってか、傍の浩介に、サキがこれからおまいにもかあちゃんができたんじゃで、これから宜しゅうって、しっかり挨拶せにゃと言いきかせるが、浩介はただぼっとしているだけだった。

さ、あんたらも疲れとるで、風呂を済まいて夕餉にかからまいか。きりをつけるようにサキが腰をあげる。林平もいつの間にかワラ仕事の跡を片付けていた。囲炉裏の上でふっふっと着物のワラごみ吹いて払っている。政代さんと和江が、林平のあんだわらじを手に取って眺めていると、こうやって冬のうちに造っておいて、一年のうちに履きつぶすのよとサキが言いわけでもするように言った。

風呂には林平が先に入り、その後、疲れとるんじゃであんたらが先に入れ。そのうちに膳を作っとくでと言われ、政代さんと和代が入った。浩ちゃんも一緒にどうと誘ってみたが、とんでもないというそぶりで逃げられた。風呂は五右衛門風呂だった。桶の底は鉄盤になっていて、その上に浮きぶたが浮いている。小さな子どもは体が軽いから、湯の底まで浮きぶたを押し下げられない。大人が先に入ることになる。洗い場にはコンクリートの上に荒い砂利がひかれ、腰かけて洗う平らな石が四個置かれているだけで、石けんも見当たらなかった。驚いたことに水をひく蛇口も無く、大型のバケツに水が入れてあるだけだった。脱衣は土間の廊下の脇に下着だけを載せる棚があって、囲炉裏部屋の隅であらかた脱いで、冬はふるえながら風呂に辿り着くという具合になっていた。林平が先に入るので、その湯加減を見に行って政代さんが知ったのが、以上の風呂の様子だった。あんたは子ども連れじゃで、陽のあるうちに先に入れと言われるまま、林平の次に入ったが、和江は寒がるし怖がるし、政代さんにするとちょっとした騒ぎだった。それでも手桶で体をすすぎ、熱加減の湯に全身つかると、岐阜からここまでの疲れも一時に取れるかと思われる程、心も体もほっとした。こんな様子を久直は岐阜でどんなふうに想像しているのか……。思えば別れて以来電話も無いからさっぱり話もできない。小さく囲炉裏部屋の音の聞こえるしんかんとした中で、政代さんは和江の体を抱き目をつむった。

突然サキの甲高い声がして、あにぼう！　あにぼう！　風呂が湧いたで来いよう！　田んぼをはさんだ向こうの隣家へ、風呂の誘いをかける声だった。兄坊？　聞いてはいないが林平の他に久直にもうひとり叔父に当たる人でもいるのだろうか……。

風呂から出てみると、サキが囲炉裏のふちに夕食の仕度がしてあった。どこから出してきたのか、大皿に、ニシンのなれずし、丼にぜんまいとじゃが芋の煮付け、大豆と昆布の煮物、などが並んで、政代さんと和江の前には丸い盆に茶わんと小皿と箸を載せたのが置いてあった。サキと林平の前には箱膳。浩介には丸盆、並べてあるそれぞれのものの名は勿論、政代さんが後で知ったものが多い。箸を取る前に、政代さんが掌を組んで低い声で、天に坐します我らが父よ……と始めたら、林平もサキもちょっと驚いたふうで静かになったので、政代さんは思わずやめた。政代さんにしては、全く無意識にしてしまったことなので、ほんとに悪かったと思った。無意識にとはいっても、千葉から岐阜、そしてこの山奥へと、しかも身重もの自分を無事に送り届けて呉れたのは、全く天なる父のお陰と、心底思った上でのことだった。

夕食は、この頃にしては、本当にご馳走と言っていい豊かな食事で、食べ馴れない和江もけっこう満腹した。話に聞くと、ここでの正月はついこの間終わったばかり、いわゆる旧暦正月で、そのご馳走の残りがこれだということ。然し一箸ごとに久直や玲子たちの事を想ってしまう程、豊かな食事だった。なれずしのニシンを、浩介が囲炉裏の上の網で焙って、食えと言って和江の小皿に載せたが、和江は身を退いた。

夕食のあと片付けで知ったのだが、洗い場にもやはり蛇口は無かった。ということは、この家には水道というものが引いてなく、水は裏山から桶で引いて、以前紙すき用に使ったという石舟へ落とし、それを柄杓で使う。井戸というものも無かった。古いブリキのボウルで食器を洗い、それを林平の手で作られた棚に載せる。山からの水は、手が切れるほど冷たかった。

ものを煮炊きする所も囲炉裏ひとつだった。かまどとというものもなかった。傍にはやや長めの薪が積んであり、豆がらが置いてあって、豆がらは炊きつけと言い、薪は割り木と言って、それが囲炉裏で燃やすものの総てだった。木炭も無かった。囲炉裏の中には大きなごとくが座っていて、これに大鍋子鍋、大茶釜を乗せる。ごとくはかなをと呼び大鍋はハタソリといった。灰の中にはいつも、こぶの着いた太い丸太が突っこんである。これは火いきと言って、囲炉裏に火を絶やさないようにいつもその木に火を残しておいて、朝などそこに炊き付けを添え、火吹き竹で火を付ける。マッチは仏壇にあるだけ、ほかはこの火ぃきを役にたてるだけと教えられた。マッチ一本もかねのうちじゃでなと、サキはつけ加えた。ゆるいばたでは、おなごは頭から手拭ごいは離せん。必ず火の粉や灰が舞うで、と言う。

着いた時、林平がそうだったように、囲炉裏端はワラ仕事だけでなく縫い物、豆腐造り、味噌造りなどの作業場でもあり、冬場の暖採りもここしか無く、従って客を迎えるのもここしか無かった。囲炉裏のふちの板をふせ木と言ったが、どこの家でもそこには特別の材を使ってきれいにみがきこんであった。そういえばむしろの外の床板も、同じようにみがきこんである。きくと、柿渋と山菜のアクで、柿渋はシブがきを石臼でついて少し腐らせた汁、アクはフキやウドの皮など、それで拭きこむ。床板だけでなく、見ると部屋の帯戸も柱も同じ色でつやつやしている。サキは、そうせんと嫁が噛われることになるで、みんなわしの仕事よこれはと、言って笑った。囲炉裏部屋は、大人も子供も家族に限らずそこに寄って、くらしの一切を行う場所だった。

その時入り口で履き物の雪を落とす音がして、隣家の兄坊が顔を出した。年格好は林平ぐらいで名を千代吉と言い、千代吉爺っさと呼ばれていた。実は彼は、サキや半平の父親が結婚前に村うちの女性に産ませた子で、それを母親のキクが、幼い頃からサキと半平に兄いと呼ばせて、村の者からは、キクは感心な者じゃと言われていた。複雑な境遇の中で、彼は温和で、仏に厚い信心を寄せ村の妙好人と言われていた。わけは後で話すがな、これはわしの兄坊で向かいの家に住んどるのとサキに紹介された時、はて久直の話にはそんな叔父があったとは聞かなかったがと思ったがそのわけを政代さんはサキが説明するまで尋ねなかった。千代吉に久直の妻です宜しくと挨拶しても、そうかそうか聞いて知っとる、宜しゅうになと言って、にこにこしているだけだった。

さっそく先に入れ、あとからたづ子も子を連れて来るで、来んうちに入れと、サキがやかましく風呂をすすめるうちに、賑やかに二人の子を連れた久直の妹のたづ子がやって来た。やあ、無事に着いて良かったなあ、雪道でえらい目にあったでしょう。ヤヒチやマサユキがいっしょならと安心はしとったが、雪崩れだけはどうにもならんでねえ。これが尚子、これが好平。二人ともよい子でうれしい。それが和ちゃんか。愛らしいな、わしはおばちゃん、たづ子って言うの、よろしくな……たづ子はとめどなくしゃべった。夫の徳次郎を好平の顔も見ないまま兵隊に取られて、今ビルマという所に居るという。出征といえば久直の弟も正といって、これは十九の年に赤紙が届いて、中部支那という所に居るらしい。ちなみに徳次郎の弟も同様に兵隊に取られ、二年前に戦死していた。

囲炉裏のかなをの上には、いつの間にかジャガイモの塩煮や栃餅、小豆餅が載っていて、それをサキが、さあ焦げんうちに食えと声をかけている。

何という食べ物の豊富さかと思いながら、政代さんは、いつものように久直や玲子たちのことを想う。いっそのこと、はやくこちらにきてしまえばいいのに。和江は子どもたちの数が増えてうれしそうだった。特に尚子が相手になって呉れた。

たづ子は、ねえさん、ねえさんと話しかけ、彼女のことは千葉に居た時から、久直もたったひとりの妹として話していたし、うまいとは言えない字でよく手紙も呉れていたので政代さんも初めて会ったようには感じなかった。ただ久直は、あいつは死んだ家内のことを時々書いてくるのでと困り顔をしていた。

たづ子親子が風呂に入ると、サキが気をきかして、あんたたちは疲れとるから、今のうちに二階に上がれ、たづ子にはそう言っとくでと言ってくれ、政代さんはそれじゃあと二階に上がった。千代吉爺っさは、林平と仏法の話をしていた。

上がって、ガラス戸にかかっている、くたびれた白木綿のカーテンを少し除けて外をのぞくと、なるほどあれがそうかと分かる扇山が、白の扇型をして見えた。手前左右の山は、少し雪が解けてヒジキを撒いたような山肌なのに、扇山には、まだ真っ白に雪があるのだだった。こんなに落着いて雪景色を眺めるのも、政代さんには初めてのことだった。そういえば来る途中でもそれは見られたのに、何せ足元を確かめて前に進むだけに一所懸命だったのだ。

見下ろすと、昼間登ってきた坂道が見える。窓沿いには三十センチ幅の小えんが造りつけてあって、浩介はここから自分たちを見ていたのだろう。自分たちとのつながりなど、何ひとつ実感できないまま。こちらは総てを心得た積りでいても、子どもに分かるものは何もない。さっき階下で、何かの拍子で和江に、お兄ちゃんにそんなことを言っちゃいけませんと注意したら、和江はしらっとして、だってお兄ちゃんなんかじゃないもんと言ったが、それが二人の実感なのだ。

和江の、寒いようという声にうながされて、次の部屋のふすまを開けると、中は僅かに暖まっていて、コタツの入った床が延べられていた。着換える時には、さすがにぶるっとくる。おやすみを言い合って横になると、コタツの温かみが脚から伝わって、疲れ具合をたしかめてみても痛みはそれほど無かった。明日あたりからそれがくるのかもしれない。そうした自分の強健さに政代さんはふと不思議を感じ、その思いは直ぐ、それは総て天なる父の御加護によるものだという想いに変わる。政代さんは今こそ総てから解き放たれた気持ちで、神への感謝の詞を唱えた。

お腹の子に就いては、その子が宿ったことを何より喜んでくれた久直の気持ちが、政代さんを幸せにしていた。食べ物も不足し、決して子育ても楽でないこの時節、当の政代さんは不安なのに、その気配ひとつ見せず、唯歓こび励まして呉れる久直に感謝した。その上、この子が宿ってからの久直は、彼女への愛情を一層深めたようにもみえる。政代さんにはこの子が、ここでのこれからの暮らしに不安を抱きがちな自分へ、神が与えて呉れた特別な力のように思われた。

ふと、不意に久直への思慕の想いが胸に満ちてきて、今この手の届く所に久直が居ないことへの寂しさが募ってきた。彼は今どうしているか。向こうでは床に就くには早いから、電灯の下で叔父夫婦との談笑中か、玲子も操もそこに居るのか。それとも空襲警報の中で大騒ぎしているのか……そんなことを想っているうちに、疲れのせいで知らぬ間に眠りに落ちた。

翌朝、階下の物音に目醒めた時には八時をまわっていた。和江はまだ眠っている。

窓に寄ってカーテンを引いてみると、昨夜の雪の山が以外に近く見えた。扇山も白く輝いている。寒さに身を構えて窓を開けると、高い川瀬の音が急に耳を打ってきた。ここから流れは見えないが、昨日、道沿いに眺めた急流が目に浮かんでくる。寒さに窓を閉めると、正面の扇山に噛われた気がした。これからこの眺めに包まれて暮らすのか。ヤヒチさの戸入富士は、ここからは見えなかった。見降ろすことのできる家並からは、薄青く煙が昇っていて、これから今日の為に動きまわろうとするその家の者たちの姿まで見える気持にさせる。こんなふうに家を眺め降ろしたことなど政代さんには無い。改めてこの家が村の家並みから離れて高い所にあるのだということに気付く。暮らしているうちに、あの家々にどんな名前の人たちが住んでいるのか分かるようにもなってくるのだろうかと、不思議で不安な気持ちに包まれた。わけの分からない、物語りの中へ入ってしまったような気さえする。

急いで階下に降りて、囲炉裏部屋の扉を開けると、思わず声を立ててしまいそうなほどの煙に包まれた。中でサキが働いている。薪が炎を立て、かなをの上の大茶釜のふたが音を立てていた。部屋の中は思いがけない暖かさだ。

済みませんお母さん遅くなってと断ると、サキが、早ようから音を立てて済まんな

あ、いつものクセでなあと謝るのが同時だった。こうも早う起きてこんでも、しるこ
とは無し良かったのにとつけ加える。
昨日までの疲れもあったのか、風呂もいただきご馳走もたくさん頂いて、ほんとに
ゆうべはぐっすり眠らせていただきました。今は不思議なほど疲れもないです。
そりゃ良かったが、なにせ身重の体で雪道を越して来たんじゃ。気をつけんと、後
からその疲れは出てくる。何もしるこたあ無いで遠慮しずにな。サキはあくまでも優
しかった。休みとうなったら、きょういちんち二階へと上がって寝とれよう。
そのうち林平も起きてくる。どうじゃ、体はあちこち痛まんかな。ええ、さいわい
今のところ。そうかそうか、見かけによらんきつい体しとるなあ。そりゃよかったよ
かった。それでも、きょうはいちんちゆっくり休め……。
浩介も起きてきた。あら浩ちゃん、お早う。どうぐっすり眠れた？　浩介は返事も
なく、ただぼっとして政代さんを見上げていた。お早うって、ちゃんと挨拶しにゃ！
とサキが催促すると、気の進まない顔で、サキに向かっておはようと答えた。彼にし
てみるとこれまで朝起きぬけにお早うと呼びかけられたことも、よく眠れたかときか
れたこともないのだった。ただ声は、今までにかけられたこともない優しい声だった。
どうやらこのかあちゃんという人は、この家に少しの間泊まっていくだけでなく、ひ

ょっとしたらずっと泊まっていくひとらしい。続けて床に就いて考えていたことを想い出した。あのおばさんが、自分のかあちゃんになるってことは、どういうことだろう。タカトシやヨシタダのとこにもかあちゃんがいる。しかしそれはみんなこの村の人だ。自分よりずっと前からこの村に居た人で、戸入弁を使っている。でもあの人は違う。確実にマチノヒトだ。言葉もサト弁を使う。それも今日来たばかり。ひょっとすると、来る前から、誰かがそうと決めてあったんだろうか……と、そこらあたりまで考えているうちに眠り込んでしまったのだった。

そんなことを想いながら、政代さんを眺めている浩介を、政代さんも暫く眺めていた。その眼は、限りなく優しく感じられた。川口のキク婆やサキの眼にも似ているかなと思われた。

政代さんとサキが支度した朝食が済むと、林平は昨日のワラ仕事を広げ、浩介は逃げ出すようにどこかに消えてしまった。和江はすること無しに、政代さんの後をついてまわっている。あいつはあんたを置いて行ったのか、かわよいにと、サキが和江の頭をなでながら、浩介を責めた。

洗い物をする所を水屋と言った。朝食の片づけをしようと、政代さんが林平たちの茶碗や箸に手を延べると、サキがそりゃ洗わんでも良いと止める。どうして？　という顔を向けたら、これからも、食事の度に茶碗など洗うことは要らんからと言う。雪が消えると忙しくなって、そんなことをしているヒマも無いのでと言い、あながち政代さんの労をいとうわけではなく、それが習慣だと言った。

でもそれらの食器を見ると、朝の光の中で、食べ物のカスが唇の形のまま食器のふちに残っているのが分かる。雪が消えて忙しくなるばかりでは無く、夏場での忙しさが、普通の清潔習慣を許してこなかったのだろう。加えて電灯も無く、部屋の採光も少ない囲炉裏端中心のくらしでは、食器に限らず他の汚れも、あまり目につかない。暮らしの中での少々の汚れを、少しでも見逃そうとしない街の暮らしぶりに、疑問も持ったが、清潔に越したことはないとも思ってしまうし、思った上は、食器洗いぐらいはしようと思った。あるいはこの先、サキに、ひまそうに要らんことをしていると思われるかもしれないが……。

でも、そのお陰で、この家にいろいろな清潔さが行きわたり始めた。そして思いがけず、それを喜んだのは林平だった。彼は生来何かときれい好きで、その為サキからは、忙しい中、その性分に腹が立つと、うとましがられていた。食器はもとより箱膳は洗って貰える、寝巻きも下着も手拭いも足袋も洗ってもらえる。林平は顔に出してそれを喜んだ。あんたも身重なんじゃから、そうまでしるなと言いながら、サキは気の毒そうにそれを見ていた。そして、このまいもな、ゴミを捨って歩いとって、ヒョウタンムサンジをつまんで、刺されてひどい目に合ったんじゃでと、そのきれい好きの失敗談など話し、笑った。でも林平だけは、自分の清潔習慣を喜んでくれそうだと、政代さんは安心した。

水屋で、不自由そうに洗い物をしている政代さんの傍へサキが来て、この家もなあと切り出した。

この家も、建てて十年になるんじゃが、金の都合で十分な造作もできとらんの。風呂も見たとおりじゃし、そこも便所に行く廊下も板をよう張らんし、この水屋もしっかり床を張って棚も戸も付けんならんのじゃが、金が無かったりひまも無かったりでな。

この家は、もともと宿屋にしるって建てたもんでな、体の弱い久直にきつい嫁でも得て、嫁には百姓をさせ久直には教員をさせという段取りじゃったが、世の中思うがいにはならん。半平といっしょに久直も村から出てしまい、この通りじゃ。この先浩介がどうなるか知らんが……。

そういうわけで、もともと家がいいか過ぎたの。戦争がこがいなことになって、思いがけないことになって、あんたにも不自由かけるんじゃが、ごめんよ。

勿論、政代さんには何とも言いようがない。何を言ってらっしゃるのお母さん。こうしてこの家を守って下さったからこそ、私たちも家族みんなで疎開できるんじゃないですか。私はお母さん、ここが不自由だなんて思っていません。こんな大きな家があって、こんな時節にゆうべも今朝も沢山おいしいものが食べられて、ほんとに幸せだと思っていますから……。

そう言ってくれると嬉しいが。わしらもな、あんたらには空襲でえらいことじゃったろうが、もどってきてくれてほんと嬉しいの。まああかんと思った久直は戻ってくるし、このままじゃ浩介も小さいし、わしらも年をとるし、この家もどうなるか分からんって、心細い思いをしとったとこじゃでな。とにかくこの家が、人で賑やかになることが、嬉しゅうてならんの。言っちゃならんことじゃが、戦争さまさまじゃって思っとる。とにかく不自由かけるが宜しゅうたのむど。分からんことだらけで不自由かけるが、分からんことは何でもきいてな。

サキの言葉には、いろいろな想いがこめられている。この先久直も政代さんも、ずっとこの家でくらして欲しいとおもっているのではないか。この先は久直がこの家を継いで、次に浩介が継いでということまで考えているのではないか。然し今は何より、林平と二人きりだったこの家が、玲子、操、そして政代さんのお腹の子も入れて大家内で賑わうことが嬉しい……。勿論サキが何を考えていようともこの戦争の行く先始め、政代さんにも一寸先は闇で皆目見当も着かないのだったが。

見当つかないといえば、今これからここでのくらしにさえ、見るもの触るもの生まれてはじめてのことばかりで、この先がどうなるかより、この家この村でのくらしをどう過ごすかということが、政代さんには大きな課題だった。でも、政代さんは考える。それも大袈裟に想うことはない。小学生の気持ちになってサキのする事を見、辺りの道具の使い方を習い、分からないことは尋ねて先へ進めばいい。幸い政代さんは教師だったから、その考え方には向いていた。

初めて見る道具にも色々ある。今日はことぼしが出ていた。囲炉裏の傍に、粗末な作りの木の燭台を立て、ちいさなつまみの着いた小さな缶が載っている。缶には灯油が入れてあって、夜、つまみのついた芯の入った管の先に火をつけて使うのだそうで、ゆうべはあんたも来たことでランプを使ったが、あれでは石油も要るし、ふだんはずっとこれで過ごすのよ。ランプのがいな明るさはないが、おもしろいもので、馴れてくるとそうも不自由は感じじんと、サキが説明した。直径五ミリほどの芯につけた灯だから、明るさは小さなろうそくの灯そこそこだろう。ランプでは石油が要ると言ったが、なる程昨日のあの道を背で運んでくるのであれば、その節約も必要に違いない。

タマリを取りにといって一升びん持って薄暗い小部屋に入っていくのに従いていってみると、そこには大きな味噌樽があり、中の味噌の中に、竹で作った筒状のざるが突っこんであった。こうやってタマリを採るのよ。サキがざるの底にしみ出したタマリを器用に柄杓で一升びんに採る。久直がしょう油のことを、たまりと言うのを不思議に思っていたが、これかと思った。

他にも、ぞうりを造るにはその道具があり、ワラを打つにもその道具があり、林平が男として使う刃物にも色々あって、それら総てが政代さんとしては初めて見るものばかりだった。手のこ、なた、おおが、よき。よきは薪を作る為に欠かせない。山で立木を伐る。小枝を払い、一メートル程の長さにして家に運びつけ、夏場積み重ねておいて冬にこれを割って薪にする。おおがも使うが伐ったり割ったりは主によきだった。囲炉裏の傍の薪を見て、これみんなお父さんが割ったのときくと、そうよ、男じゃで仕方ないでな。そのかわり、山から丸太を負うねつけるのはわしじゃで、あれもそのくらいなことはしにゃあ男が立たんと、サキは言って笑った。

あれも気の毒に、こうゆうところへ生まれてきて、街に生まれりゃちっとぐらい体が弱うても間に合ったろうにと思うことはある。この家にしても、先祖に顔向けならんでと、いかい普請をしてみたが、それだけの費用を儲けだす力は自分にはないで、これからはちっとでも金を使わんがいにしるんじゃって、それで苦しんどるのよ。他の男衆のがいに、力がないこたよう知っとるんじゃ。

そして林平が囲炉裏から奥へ煙を入れるな、蝿も入れるな天井に蝿の糞が着くなどと、細かい神経を使い、殊にあちらこちらを齧りまくるネズミ等に至っては、夜も眠れず大騒ぎするのも、みんな自分に少しでも財産を増やすかいいいしよがないと思ってのことからだと、いつもにも似ず林平に同情してサキは語った。そして一緒に、街のように材木屋があるわけでもないここで、しかも人手も持たない分際でと嗤われながら、川向こうの奥山から大欅、大杉を運びつけて貰ってこの家を建てるのにはいかに気苦労をしてきたかをも語った。

手紙

　三月に入ると、さすがに寒さもゆるんできた。極寒の年は春も早いという。和江のしもやけも徐々に治ってくる。政代さんの山のくらしぶりもだいぶ要領が呑みこめてきて、緊張感も取れてきた。

　雪の馬坂峠を越え、雪に難渋させられながらここに辿り着いた日からあっという間の思いもする。こうした、気持ちの落ち着きが、以外に早く得られたことはうれしかった。その一つには、この家が隣家を近くに持たず、ムラからはなれた小高い所にあって、人付き合いが単調だったせいもある。が、やはり林平やサキが、久直留守中への気遣いもあって優しくされたことが大きかった。

　そして今一つ、そこには、関から頻繁に来る久直の便りの力があった。便りは、サキに、久直はなにをそうも書いて寄越すことがあるんじゃと冷やかされるほど送られてきた。

　飯粒で貼り併せた封筒の中には、これもその辺から拾い集めたかのような印刷物の裏や、屑かごから拾い出したような、掌ほどの紙片に小豆粒ほどの字で書かれたのが、幾枚も入っていた。そんなに紙が不足しているのかときいてやると、物の無い所を紙きれ一つ落ちていないと例えるが、将にその通りなのだと言う。ここが山奥だからそうなのかと思っていたら、関のまちでそうなのかと驚いた。そんな中で、しこしことこれを書いている久直の背中が見えるようで、政代さんは涙ぐんで読んだ。

今日はここへ来て初めてたくさんのＢ２９の醜翼を見た。約三十機が七機八機の編隊で、東京の空で見たやうな姿で各務原上空を悠々と飛んでいった。こっちもそろそろ市川に居た時のような有様になりそうです。しかし防空壕もあり、あたりは田んぼだし、山もあり、命には心配ないから、まあトランクでも引っさげて逃げるまでのことです。今のところはこっちはげんきです。岐阜の操の行っている工場（学校は殆ど勉強する所ではなくなっているから）はどうなっているか知らんと思っているが早晩やられるでしょう。心配しても始まらんから、大いに俳句でもひねっていることが良いこととおもっている。二日出の手紙を今見た。おまへの俳句は実によろしい。おれのより上等な気がする。それからぼくたちのこれからの生活は、とんと見当がつかない。お前がこっちへ出て来れるやうにでもなればそれ以上のことはないが、今の状態では敵も相当焦っているからどうなるか分からないし、また家を借りるにしても食料問題——どこでも買う物が無いので疎開者の盗みしきりなり——もあり、たとへば、今夜のことさえ分からない。とにかくお前が元気で、なんの具合も悪いことなく暮らしているのは、神仏に重ね重ね礼をいうより他にない。ありがたいことである。可愛いおまえのことばかり思っている。おまへのことを思うと、なんとも言えず可愛くなりたまらなくなる。からだを十分注意して、注意の上にも注意をして、心気明朗に、健康に生活しなさい。父母も元気で何よりうれしい。今はおまへが孝養をつくすのでよけいげんきなのだろう。それから、会社から東京への切符は証明書一つで買えるのであるが、どうもこの戦局では出かける気がしない。しかし秋ごろにでも一応なんとかおさまったら—夢かもしれんが—上京したいと思っている。何にしても敵は今、実に焦り気味で、案外戦の山は近いうちに見えてくるやうなことになるかもしれない。ただ父母には心配させてもしかたないから、すべてを楽観的に話すことです。戸入を敵機が通るのは裏日本に行くからで、まさか徳山に爆弾をおとすやうなことは無いから安心するがよい。馬鹿でも、にぎりこぶしに入るような村へ爆弾や焼夷弾などおとす気づかいはなく、この点をよく、父母に話して安心をさせることです。

白雲を裾より見せて春の山。政代様　　　久直

岐阜で別れる時には、そのうち関で共に暮らせることにならないとも限らないと思ってはいた。見知らぬ山の中でより、関の街の方がどれだけいいかもしれない。手紙でそんな夢みたようなことを書いたこともある。然し要はこの戦争の行方だった。久直の手紙に、あからさまにはそんなことは書いていないが、日本はどうやらこの戦争には勝てそうに無い様子が、まえから政代さんにも分かるようになってきていた。もしも負けたらどうなるのか。それこそ関で暮らすなどふっ飛んでしまう。ここへ引っこんで、ここの人間としてここで暮らすしかなく、それが一生のことになるかもしれない。否、そうなるだろう。いや、そうなってもいい。食べ物を奪い合うような街のくらしなどより、その方がずっと良い。などと考えたりするこのごろだった。聞くところによると、アメリカは、もう本土に爆弾を落とせる所にまで近づいている。否、もう落とし始めているというようなことまで、こんな山の奥でも半信半疑のまま囁かれていたから。

千葉にはまだ、預けっ放しの家財がそのままになっていて、預け先の迷惑などと併せて気になっていたが、手紙にあるように、こんな中では簡単に取りに行けなかった。

……おなかを適当に良く締めて、精神を平静にもって生活しなさい。外気にも当たって、大いに自然に親しむことが重要です。何の苦労もなく、児は大丈夫だと医者は言うのですから、まったく案ずることもないですから、また、ぼく始めぼくの両親、岡山の親類、みなおまえの身の上を祈っているのであるから、これらの人の祈りが通じないというためしはないから、常に精神を爽快にして毎日を暮らしなさい。

月給は相変わらず貰った、その上何という間違いか賞与まで呉れた。まあ下さるものは辞退することもないから貰っておくことにした。おまえから父母にも話してやってくれ。関は金は呉れるが、物は全く欠乏している。街にも兵隊さんがたくさん入っているためだろうと思う。まったくおそろしいことである。筍に飽きたとか菜っ葉のしたしばかりだとか味噌汁がまずいとか、ユメにも言えたことではない。関ばかりでなく長良（岐阜市）にしても然り。昨夜も叔父が、このごろは大根の切れ端であろうが枯れた菜っ葉であろうが有難いことで、うまいとかまずいとか言えないといっていたが、どこもいっしょだ。飯にはまるいキビ粒が三分以上入っている。それに干し芋の粉で作った変な色合の団子を食べる光景は、ここ二三日の間の物資の欠乏を身にしみて感じさせる。しかしこれも、兵隊さんのことを思えば—ですかね。おまえはしかし、赤ん坊のことを考へて。気味悪がったりしないで、せいぜい動物質のものを摂取することを心掛けんといかんがね。カニやどぜうなどはもとより、ひとが呉れたらヘビなども良い。タニシなどはもう食べたさうだが、自分でも獲ってくると良い。どう考えても、山は良いところだと　ぼくはしみじみ思っている。

久直の言う通り、彼と一緒に寝起きできない不満を除けば、食べ物は山のくらしに何の不足もない。体験したことの無い仕事でも、焦らずゆっくりした気持ちでやれば、それも味わいのある仕事と思えるようになった。石臼で稗の実をひく。そばをひく。とうきびをひく。サキを手伝って、さつま芋の苗床を造り、たね芋を埋めて、その芽ぶきを待つ楽しさなどはたとえようもなく、そんなににらむと芋が怖がって芽もよう出さんと、サキに冷やかされるくらいだった。まるで子どもだと、サキに言われた。

何かと不自由な想いをさせていた雪が解け始め、それをスコップで突っついておくと、夕方にはもう溶けて土の路面になっている。そんな作業も、子どもの頃の遊び心を想い出させてくれた。お腹の子を痛めると、わしが久直に怒られるでとサキに止められても、わたし、この仕事が好きなのと言って止めなかった。サキについて谷辺に行くと、フキのとうが鮮やかな黄緑をみせている。ワサビの若葉やセリの若葉なども教えてもらった。また、これからは、山へ行けばワラビやゼンマイ、フキにサワアザミ、コゴミ、ウドなど様々口にできるものが採れるようになるのだと教えられ、それだけでも久直の食べ物不足の関を想い、久直の言う通り、将に天国だと思われた。ワラビやゼンマイがどんな所に生え、それをどのように採るのかは知らなくてもここへ着いた時にその煮しめの旨さを知っていたから、まだ見ぬ山菜への期待に胸がふくらんだ。

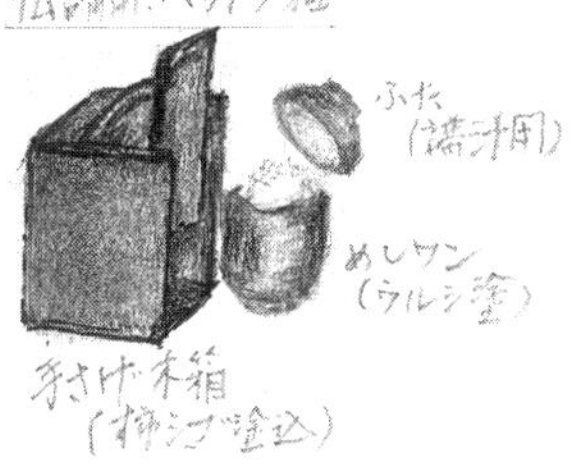

雛飾り

　三月がきて雛飾りをした。和江にせがまれてのことだった。玲子や操の留守にそれをすることに、少し引ける気持ちを持ったが、それは和江に伝えられない。然しせがむ和江の姿を前に、サキがそれに賛成した。気が引けたのは、雛が久直の亡妻の里から贈られたものだったからだ。サキもそれは知っていた。雛は立派なものだった。

　千葉の家でそれを荷造りした時、少し揉めごとが起きた。久直が、こんな時勢の中、山奥にこんなものを送り付けるなど大変なことだと渋るのに、政代さんがそれもそうねと言ったら、たちまち操が目をむいたのだった。これは死んだお母さんが、私たちに遺した形見なんだから！　そんななりゆきをサキは知らない。

　サキと二人で飾りつけをしていると、たづ子が来た。これまでにも、たづ子は三日にあげず来ていた。それも道理で、二階の奥にはたづ子の間という、たづ子の部屋があるのだった。嫁いだ娘が、実家の中に自分の部屋を持つということは政代さんも初めて知ることだったが、何か事情あってのことだろう。そのせいもあって、たづ子はよく通ってきていた。おっ母ァ！　来る度にたづ子は、必ずそう呼びかけて家に入ってきた。そして囲炉裏の間に顔を出すことなく、トントンと二階の自分の部屋に直行する。するとサキも余り間を置くことなく、たづ子の後を追う。親子の情厚く、ただ娘が母親に甘えているだけのことかと始め思ったが、ところがそうばかりも言えないことに政代さんは暫くして気付いた。或る日、そのたづ子が、勢いよく階段を駆け下りざま、チクショウ、どっチクショウ、ひとをあがいなとこへ生き埋めにさらいといて、おのれのがいなもな、親でもない屁でも無い！　と叫び散らし、足音荒く駆けだしていったのだ。後から降りてきたサキの顔は当然暗い。そんなやり取りを他所でも耳にしたことのない政代さんは、顔色も変ったが、それがそれから後、たづ子が訪れる三度に一度くらい続くと、心配しなくなった。理由についてはサキもたづ子も口にしない。政代さんが口をはさむことでもなさそうだった。そんなたづ子だったが、訪ねてくる時には、明るい声でおっ母ぁ！　と呼んで入って来る。今日も同じだった。

やあ、美しゅう飾ったな。これを見るのは大連以来じゃ。たづ子は久直の妻の亡くなる直前、産前の家事手助けということで、大連暮らしをしたことがあった。その時の飾り付けを玲子や操たちと楽しんだのを想い出したのだろう。然しその先は、サキの目くばせでたづ子も口をつぐんだ。その様子は直ぐ政代さんにも伝わる。つくろうようにたづ子がつぶやいた。やっぱこうゆうことは旧ごよみでないとあかんなあ、桃も無いし梅も無い。飾る花が何も無い……。

飾りあげた雛壇を前に、和江ひとり上きげんだった。その様子をサキとたづ子は目を細めて眺めていたが、胸のうちは分からなかった。ただその雛たちを、久直の亡妻と結びつけて沈みがちになる政代さんの胸の内は違っているのが、政代さんには分かっていた。すると、不意に桃や菜の花の咲き乱れる岡山の里が思い出されてき、続いて久直のことも想い出され、今ここに久直が一緒に居てくれないことが訳もなく理不尽なことに思われてくるのだった。

分校教師に

三月も中旬を過ぎてのことだった。思いがけない話が舞いこんできた。すぐ隣にある、浩介の通う学校で、春から教師を勤めてくれないかという話だった。越してきてからのどさくさ紛れで、浩介が通っていることさえ何故か忘れたように過ごしてしまっていたのだが、その校舎は十メートルばかりの鼻の先に在った。考えてみるまでもなく、来年は和江も通う学校だ。それなのに、まだそこの先生に挨拶することも気付かず過ごしてしまっていた。話を持ってきた今村先生に、政代さんは先ずそのことをあわてて詫び、挨拶した。

先生の話では学校には教師一人で、それが一年生から六年生まで、今年は三十人余りを教えているのだという。その風景は千葉に居る時から久直の話で知っていたが、まさかそこで教鞭を執るよう頼まれるなど想いもしなかった。

不意の話はこうだった。今村先生にも兵役召集が近い。四月には、それまでに先生としても私的に片付けておかなければならない事があって、教師を辞めなくてはならない。当然学校に教師がいなくなる訳だが、この徳山に戸入まで来てくれる教師候補というものが一人も居ない。まして村外からなど余計望めない。この時勢では日本国じゅう探しても無理だろう。そこで白羽の矢が立ったのが政代さんだというのだ。教師の資格は十分過ぎる程持っている。而も家は直ぐ隣り。

本当はこの話は、真っ先に校長がお邪魔しなくてはならないことなのだが、私にしても自分のことが原因の話でもあるところから、失礼も顧みずこうしてお願いに上がった。何卒、只今のところ奥様が承知して下さらなくては、あの学校にこの先先生が居なくなることも考えてもらって、何とか御承知願えないだろうかというのが、今村さんの話だった。先生の口調が、こんな山奥の人とは思えない、柔らかで流暢なのに、政代さんは益々恐縮してしまったのだが、とにかくこれは、御主人始め御両親とも御話合いの上でのことでもありましょうからと、それだけ言って先生は帰っていった。然しいかにも急なことで、政代さんは困惑した。

もともと、千葉を発つ時から、ここに何時まで暮らすことになるのか、久直ともども、こうと見当をつけていた訳ではなかった。それは、この戦争が、いつどんな形で終わるのか、まるで見当がつかなかったのと同じだった。神風が吹いて必ず勝つ、負けることは無いと言われても、何時までにとは言われず、それは神風のことなのだから期限など分かる筈はないのも当然なのだろうが、然し目の前に怖いことが起きているのは現実なのだから、命だけは助かりたいと思ってここへ逃げて来ただけのことだった。最近の手紙にさえも、久直はそのうちお前たちもこちらへ来てと、関で暮らす可能性さえ書いてきている。こうしている今もそう想っているのかそれは分からないが……。

夜、小灯しのもとで、その話を林平やサキともした。今村さんとの話は、二人ともその場で聴いていた。この時節、こんな所で月々金の入る話などめったにあるものではない。まして、資格を持つのはあんただけで、そんな者は徳山じゅう探しても居ないというのは、今村さんの言葉通りだということは林平も知っていた。ただサキの口からは、それでも身重のあんたの体だけは用心して考えんと、何より久直がどう言うかということもあるし……と、迷いの言葉は出た。

こんな時電話さえあったらと思ったが、とにかく久直に手紙を書くことだと決めて、その晩は床に入った。浩介は、早くから寝床に追いやられていた。

ただこの話をするうちに分かったのは、どうやら林平もサキも、この先政代さんたちが関に行くことなど決してあり得ず、そのうち久直も玲子も操もこの家で暮らすことになるのだと信じているらしいことだった。考えてみればそれも当然で、街の方から親類頼りに疎開して来るものは増える一方だし、その者たちから伝わる街の話に明るいものは一つも無い。もっと有りていに言えば、それは日本がこの戦争に勝っても、やがて皆が街での明るい生活が取り戻せることを、殆ど信じていないということでもあった。そんな空気が村には満ちていて、林平もサキもそう信じていた。

千葉での疎開話の中で、これに似た話が全くされなかったわけでもない。夢のような話ではあっても、戦争にまさか負けるような事にもなるまいが、それも分からんと言えば分からん。ひょっとしたら徳山へ逃げこんで、そのまま出てこられんようになって、お前は隣の分校、わしは本校ということにもなるや知れん。そうならんように願いたいがな……などと。

政代さんが書いた手紙に久直から返事が来た。

……とにかく、受けるかどうかはお前次第だが、出産前には絶対駄目。然しこちらで暮らせるかどうかは、とんと見当もつかない。ただ断るについては、強い断わり方でなく、そのうち主人も帰ってくるやうになるかもしれない。その時はわたしも月給などなしでお手伝いさせていただく、当分それまで何とかそちらでやって貰えないかとか何とか言っておいたらよろしい。どうしても出産前にとかの話になったら、そのうちわたしも関の主人のところに行かなくてはならんことになるかもしれないとでも言っておけば問題はない。とにかくおまへの体の事情からして、直ぐ受けて良いことなど一つも無い。またこうゆう機会はいくらでもある。―このことは、父母にもよく話せ―何も事情の悪い時に受ける必要はあるまい。もしお産が済んでからでも良いといふなら、向こうの事情も気の毒ではあると思はないでもないが、まあそれも九月に入ってから受けられるかどうかでしゃう……ほんとに僕もここを焼かれて、会社が無くなるやうなことにでもなれば、徳山の教育に貢献することになるのかもしれないし―。

強く断わらないにしても、そのうち関の主人の所へ行くかもしれないなどと、嘘に近いようなことを言うわけにもいかない。そのうち主人も帰ってくるかもしれないので、その時によろしくなどというような、まるで当てにもならないことを言って、話を延ばすようなこともまた言えない。然し文面全体から見て、出産の事さえ注意深く考えてのことであれば政代さんの判断に任せるし、教職に就くこと事体に反対している訳ではないことが分かって、政代さんは少し楽になった。

体の具合に就いては、今村さんの言葉をそのまま受け止めるなら、そんなに心配しなくいいだろう。その為都合が悪くなるなら、その時に辞めてもいいことだ。そこを押して無理になどというようなことにはなるまい。金銭の出入りに神経を使っている林平に対しては、この上ない親孝行にもなることだし、サキもまた喜ぶことに違いない。

それにしても、この先のことを考えようとするには、いつもこの戦争がどんなふうに終わるかという問題がついてまわることに、政代さんは改めて気付かされた。加えて、それを考えようとする時、そこに何ひとつ手がかりの無いことにも気付かされるのだった。ここから関へ出て、久直と共に暮らすなどという日が、はたしてくるかどうか。或いは何時ここを出られるやら分からないまま、ここに一生暮らすようなことになるのかどうか。玲子も操もこの村のどこかに嫁ぎ、和江も同じように？……。

現に林平やサキはそうなることを信じている様子で、それを望んでいるようにさえみえる。ということは、裏をかえせば、この戦争が負ける形で終るだろうということを感じているということになるだろうか。こんな、新聞もラジオも無いような所で、そんなことが分かる筈もないのに……。

然しそんなことをいくら考えてみてもらちのいく話ではない。政代さんは教師の話を受けることに一応心を決めた。翌日、林平やサキにそれを話した。林平は手放しでそれを喜び、サキは、体に気をつけて、えらかったら今村さんが言ったように、遠慮せずに校長に言えば良いでと一応納得してくれた。

二日ほどして、訪ねてきた校長さんと今村さんに承知の旨を話すと、二人共、喜んだ。やはり政代さんの身重のことが気になっていて、その日のうちに承知してもらえるとは思っていないらしかった。

その話を久直に早速書き送ると、久直からも、気の抜けるほど万事承知の返事がきた。


良かったとまでは言えないが、後はおまへに任せる。両親も喜んでいるといふなら、それで良からう。そのうち僕もこっちが危なくなったら、帰って、二人で勤めるやうなことになるかもしれんと、それもお父さんに申しておきなさい。戦のおかげで、思わぬ孝養ができるかもしれん。

それから風呂沸かしの件ですが、あの風呂は、炊き口の所が余程気を付けんと危ない。今後ははたそり（大鍋）に湯を沸かして、行水をするのが簡単であるし良いと思う。母さんに十分手伝って貰ひなさい。クレゾールがうまく届いて良かった。エディックは必ず呑みなさい。あれを服用すれば、別に無理をして、動物性の栄養をとる要も無いと思ふが、しかし蟹はカルシュウム分が多いというから食べてみるが良い。焼いて食べると良いさうだが、肺は除かないといけないさうです。でもネズミだけは、いやでも浩介に肉をむしってもらってたべること。

四日もおかずに、久直からまた手紙が届いた。政代さんからは教師を引き受けて、サキや林平が殊の他喜び、自分もまた、その仕事に夢が持てて楽しみが増えたことなど伝えていた。

おまへの、落着いたあの便り、何べんもくり返してよんでいる。山は単調だけど、本当に精神をゆったり持って、何のくったくもなく、自分の思ふままに振舞って、自分の心が明るくなると家も明るくなり、自分の心が陰ると家にも陰りができるのであるから、大いに明朗活達にやることである。自分の家であるから何の気兼ねも要らない。生活に創意を以って、常にくったくなくやることである。これはよくよく味はって、実行しないといけない。信念的は生活、平たく言えば元気な生活、明るい生活をすることである。そのためには、教師勤めは適職なのではないかと思ひ始めている。

それから二階からの階段には、呉々も気をつけなさい。一人であると思ふと不注意になる。いつもお腹の赤ん坊と共に在るといふ心がけを失なはぬやうにしなさい。また、無理をしないで、適当な運動、特に土に親しむ仕事を大切にすることである。

　昨日はぼくも、大豆を一升ばかり、工場の裏の畑にまきました。今日は雨で都合の良いことです。何にしても、おまへは、お産までは体に十分気をつけて、良い子どもを生むやうに心がけなさい。それから苺はよく管理して、実ができたらおまへも食べるやうに。

　戦局はいよいよどたん場まできた観あり、空襲もこの辺りまで来ることに、おそらくこの秋まで待たないでせう。さうしたら、ここもどうなるか分からず、せいぜいそちらにさつまいもでもたくさん植えておいてくれるやうに、お母さんに頼んでおいて下さい……。

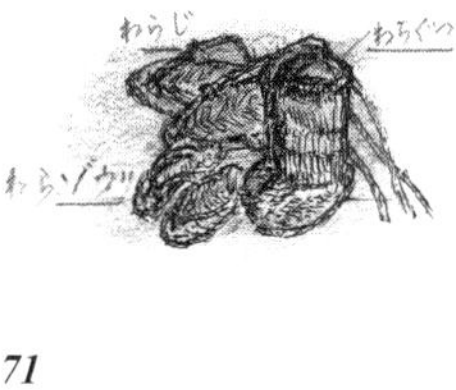

戦局

戦局がどたん場まできたという久直の言葉には、この秋には関にも爆弾が落ち始めるという予想と共に、この戦争が敗けて終るのだという予感を持たせるものがあった。

そうしたらこの間、夜だけ学校を借りるからと言って、がっしりとしたひとりの兵隊に五六人の、まだ子どものような顔をした兵隊の一団が来て泊まっていったことがあった。瘠せて可愛そうなので、村の者が握り飯を出すと、がっしりとした兵隊が、もうそういうことは止めてくれという。訳をきくと、これらは戦地で何も無い所で、自分の力で食い物を探し出して戦う訓練をしているのだからと言った。見ているとその通りで、昼間彼らは、山や谷に出かけて、山の芋や魚などをとっていた。二日ほど居て隣り村に引き上げていったが、こうゆうとこまで兵隊が逃げてくるようになっては……と低い声で言う者も居れば、訳知り顔で、いやこれはいよいよ本土決戦の稽古に入ったんじゃと解説する者も居た。

本土決戦とは、中国や南方の、これまで占領していた所をアメリカに攻め取られて、いよいよこの国へ上陸して来た敵と必死の戦争を始めるということで、考えてみるとその稽古らしいことは、役場からのお達しでこの村でも前からやっていた。演習とか訓練とか言って、村には長い竹竿の先に布のヒモを房のようにつけたのを用意させ、それで防空演習をさせた。運動場の隅で、コールタールをしみこませたボロ布に火をつけ、それを焼夷弾に見たてて、消火の指導をした。訓練は各人に竹槍を持たせ、在郷軍人という日露戦争帰りの先輩が、マエマエ、アトアト、マエッ、突ケッ　ヤア！と勢いよくかけ声をかけて、敵兵を殺す稽古をさせるのだが、皆んな真面目に従った。松の幹にワラ束を巻きつけたり、ワラ束の人形を枝から吊るしたりして、それを突かせた。ボロ布の火を消しながら、こりゃ、爆弾にしちゃ火が小さすぎるもんなあと囁き合ったり、敵も人間じゃで、動かずに突かれ放題ということもなかろうしなど、囁いたりする者もあったが、勿論その声は小さく、声を立てて文句らしいことを言う者は無かった。皆んなの頭の中には、戦地で働いとる兵隊のことを思わにゃあかんという気持ちがあり、そんなことで文句を言う気持ちにはならなかったのだった。そして一方の頭には、まさかこんな山奥へ爆弾を落とすことも無かろう、またアメリカの兵隊がこんな所まで攻めてくるようなことも無かろうという気持ちも根強くあった。

するとほど無く、役場からこんなことも言ってきた。家や周りにある金属類は有るだけ供出せよ。ブリキ、針がねの切れ端、使い古しの鎌、鍬はもとより、古釘、缶詰の空き缶、加えて仏具も出せと……。そして村の者たちを驚かせたのは、寺の仏具も吊り鐘も出せということだった。これには、平生おとなしくしていた年寄り達が声をあげた。役場の衆は正気か！　いくら国がそうゆってきても、バチがあたる、そがいなことはできんって言う者はひとりも居らんのか！

無理も無い。仏具にしろ吊り鐘にしろ、彼らにとっては、仏の魂を祈り込めた、仏身そのもので、それはまた年寄りだけでなく老若男女合わせた村の皆んなの思うところでもあった。その日の集会から帰った林平は、サキや政代さんにそれを話しながら、その時は誰に臆することなく、まあこうなると、日本もしまいじゃと、はっきり言った。

そうしたら、林平のその言葉を裏付けでもするように、こんな話も舞いこんできた。村の道が岐阜まで大型貨物自動車が通れるような大道路になる。それは、奥の門入のブナの樹を伐り出して各務原の飛行機工場へ運ぶ為。わけは、戦争に金属が足らんで、代わりにブナの樹で飛行機を造るんじゃそうな。そうしたら、久直までがこんなことを書いてきた。その話は本当だ。関で新聞にも載っていた。そうなると日帰りで、そちらへ行って来られるようになるので楽しみだ……。

それは噂だけではなかった。国は本当に馬坂道路の拡張工事にかかり、間もなく村にも朝鮮人労働者も入り、すでに門入の奥ではブナの樹を伐り始めたという。

樹で飛行機を造るってか。そがいな物を造っても敵のタマに一発でやられてしまわんか？　いや、樹で造った方が鉄より軽いで速う飛べるかもしれん……色々村では話されたが、それにしてもここから岐阜まで仲々遠いが、どうやって道を作るんか、何時までかかるんか、わしらには見当もつかんなあという声の方が政代さんには真実に近いように思われた。噂が本当にしても、国は何時までこの戦争を続ける積もりなのだろうと、悪いと知りながら、つい思ってしまう。

学校

その日、政代さんは、初めて学校に行ってみた。今日はじめてというのもおかしくおもいながら、サキに断って家を出た。校舎は家から何米というより、歩数を数えた方が早い所にあった。家を出て十歩も歩かないうちに、校舎の壁が目につく。よろい壁の平屋建ての校舎の側面には、径十センチほどの穴が、無数に開いている。同じような穴が政代さんの家の壁にもあって、林平があれはテロウの仕業だと言っていたから、あれもそうなのだろう。テロウとはキツツキのことだった。運動場には所々水溜まりが見えるだけでもう雪は無い。子どもたちに雪つつきをさせたのだろう。そういえば浩介もスコップを持って登校したことがある。運動場の広さはテニスコートほどあるだろうか。校舎と併せたたたずまいが、なんともいえず愛らしかった。教職にあった頃が想い出される。想い出すことのできた自分がまた、政代さんには嬉しかった。

薄暗い校舎に入ると、直ぐ右にコンクリート造りの長便所があって、尿の匂いがした。突き当たって左に折れると、右側はガラス窓が明るく延びて、左に細く板廊下、それに添って子どもたちの履き物が、行儀良く並べてある。下駄が多く、中には板にワラぞうりをつけた草履下駄も多かった。中に二三運動靴があるのは、疎開してきた子のものだろうか。乱れの無い履き物の様子を見ると今村さんの躾けの固たさがわかった。子どもたちも素直なのだろう。

授業中で、教室の中は静まっているが、子どもたちの気配は伝わってくる。

そうしているうちに、窓ぎわの子が政代さんに気付いて、先生！　誰れか廊下に来とるぞと、範読中の今村さんに知らせた。

ゃあこれは、よう来てくださった。もう休み時間を取ろうかと思っとったところです。まず、こちらへこちらへ。小さな職員室に案内すると椅子をすすめ、今村さんは木製の火鉢にかけてあった湯で手早くお茶の用意にかかった。こんな時間もかまわないお訪ねの仕方で本当にすみません。恐縮しながら見まわすと、女の人もかなわない位部屋はきちんと片付いていて、行事黒板にはきれいな楷書が並んでいた。茶の立て方をよく見ていると、実にていねいに順を踏んで、めったに見たことのない位念入りだった。茶の色と味にもおどろかされた。政代さんが率直に驚きを伝えると、今村さんは顔を赤くしながら、いや、実は私の在所はこの奥の門入という所でして、恥ずかしい話ですが本当の食べ物は粗末なものを口にしながら、妙にお茶だけには凝る所なのです。これも実は奈良からの寄せ物で、この時勢に大きな声で言えないのですが、と話してくれた。

政代さんの家では、茶は、夏場にあちこちの茶株から若枝を刈り取り、二センチ程に押し切りできざんで、大きなせいろで蒸したものをはたそりで炒り、天日で乾燥させる。それを小型のかますにつめて、翌年まで使うのだ。実に手荒らで雑な茶で、その入れ方も、ただ麻布の袋に入れて茶釜の中に放りこんで置くといったもので、今村さんの流儀には傍にも寄れない呑み方なのだった。こんな山奥で、村ひとつを境にしてこんなにも暮らし方が違うことに、政代さんは改めて驚いた。

ひと息入れた後、今村さんから、せっかくですから生徒たちに挨拶でもと言われ、心積りのないことだったが、はいと答える。職員室の窓から、おおい、入れようのひと声で、子どもたちは教室に入った。入ると直ぐ自分の席の横に立って、直立したまま、政代さんをじっと見つめて動かない。これも今村さんの躾けの一つのようだ。六年生の組長の、気をつけ、礼、着席っ！　の号礼。席に着く時、浩介と目が合った。浩介は目をそらしてうつ向いた。たず子の子も居たが、これは目を合わせると嬉しそうに頬笑んだ。

今村さんが、黒板に大きく平方政代先生と書いて、もうあらかた知っておるかも知れんが、この方が平方先生ですと紹介した。今村さんが平方の家に足を運んで、そういう話になっているということは、もう村の隅まで知れているようだった。浩介が、母ちゃんが学校の先生になるって村で聞いてきたが、早いもんじゃな、あれから三日もたっとらんうちに！　とサキが前に言っていたのでそのようすは知っていたが、その時からそれを聞いた浩介の気持ちはどんなだったろう。

政代さんは、初め、まずあなたたちに会って、あなたたちの目が、ほんとうに素直で明るいことに、心を打たれましたと言った。本心からだった。千葉の小岩小学校では、子どもたちの目が暗かった。その子たちとの別れ際の目も暗く、別れを惜しむ政代さんの目に、べつに別れの悲しみで応えて呉れる訳でもない子の目に出会って胸を打たれた記憶がある。勿論それはその子たちの責任ではないとは分かっていた。

街の方では、こうしている今も、爆弾や銃弾の下で辛い目に会っている子どもたちが居て、あなたたちのような目を持ちたくても持てない子がいるのだということを分かりやすく話した。

話し終わった後で、話し忘れたことがあるのにも気づいた。それは、男の子は大きくなってお国の為に役立つような立派な兵隊さんになりましょうねということだったが、本当は忘れたというよりも、この戦争がいつまでも続くから分からない、もう過ぐ終わるかもしれないということが頭をよぎって、それでいいそびれてしまったというのが正直だった。

今村さんや子どもたちと別れた後も、政代さんは改めて想った。これからあの教室で教師を勤めるのだが、あの子たちに、どんなおとなになってくれと頼むのだろう。そのことは、そのまま、この戦争で日本が勝つか敗れるかということで、大きく変わってしまう。

これまでは、それが当たり前のように戦争に勝つ為に立派な兵隊になって呉れと男の子に言い、女の子には立派な男の子を生んで育てて呉れと言ってきた。でもそのお国が、戦争に負けてしまったら子どもたちも、また自分もどんな目標をもったらいいのか。戦争に負けるなどということは、考えるだけでもいけないことだといっても、今、久直からの手紙や、村の者たちの話のそれとない様子から、この戦争に必ず勝つとも言えない。……自分がこうして教師を引き受けたことでさえ、日本が敗れることも頭の中に入っているのではないか。久直が、関からここへ帰って来るだろうと期待していることにも、敗戦ということが、からんでいる。林平やサキなどは、すっかりその気になっているといってもいいくらいだ。

玲子・操も帰る

四月、操が女学校を卒業して、帰って来ることになった。操は岐阜に居ても、どうしてか半平の妻との折り合いも悪く、久直も手を焼いていて、卒業を機に帰山することは予想に入っていた。就職してという途もないではなかったが、新しい職場で新しい人間関係を作ることに、操は首を振った。叔父の家から離れて自炊生活が出来る程の給料を出す職先なども当節無い。殆ど勤労奉仕半分の所ばかりだった。

それに、山には操が帰ることを幸いとするところがあった。家で百姓仕事のできる者は、サキ以外一人も無く、林平さえ余り役に立っていない。久直は肩の荷をおろす気持ちで賛成した。操は体つきからして、十分サキの手助けになるだろう。

ところが、操の山帰りを耳にすると玲子までが共に帰りたいと言いだした。お前はこうして職もあることだし、しかもわしと一緒に勤められるなど当節珍しい職場でもあるのだからと、久直も叔父も引き止めようとするのだが一向に聞かない。会社からも好かれていたのだが、実は玲子にも、口に出せない理由があった。会社で好き合った相手が居て、それがこの四月出征することになってしまったのだ。それを打ち開ける相手も居ない。操にも話してなかった。玲子は職場に居続ける気を無くしていた。お前のようなきゃしゃな体つきの者が山に帰っても、百姓の役にもたたんし苦労するぞと脅かされても玲子の気持は動かなかった。

　玲子と操の帰山。然し理由はどうあれ、山では喜ばれた。なにしろ、若い娘が一度に二人も家族に加わるのだ。それに二人は、山のこの家に初めてではなかった。母親を亡くして直ぐ、浩介と共にここに連れて来られ、その後久直が政代さんと一緒になって、千葉の家に呼び寄せられるまでの二年足らずを、ここで過ごしたことがある。小学四年生と三年生の頃だった。一緒に学校に通った仲間も居れば共に遊んだ者たちも居て、多く名も覚えていた。そのころの事を、二人は山に向かいながら懐かしみ合った。浩介のことも話した。どんなになっているかね、あの子。たしか三年生くらいになっているんじゃない？　あのまんま大きくなっていると、可愛いくなっているのにね。反対に憎たらしいクソ坊主になってたりして……。

　道中は、長峰までバス、そこからは政代さんがそうしたように徒歩、ただし雪は馬坂の残り雪だけということで、人を雇っての出迎えはして貰えなかった。

　家に着くと、二人はサキの体に飛びつくように抱きついた。よしよし、苦労したなあ、お前らも。脚はどうもなかったか、長い道中じゃったで……。

色々サキが慰める。二人は泣いた。政代さんも、目をうるませて見ていた。そして、先ほどのサキの、苦労したなあお前らもという言葉にはきっと、母親を亡くした二人へのいたわりが入っているに違いない、もしかするとそれは、私が耳にしてはいけない言葉だったのかもしれない、これから、この三人は、裏で、或いは表にも、亡き母親のことで心を一つにしていくこともあるのだろうと思った。

考えてみると、三人の前で政代さんは孤独だった。が、それはなにも落ちこむほどのことではないと政代さんはすぐ思い返した。何より和江の喜ぶ姿を喜ぶことだ。浩介もいきなりふえた東京弁の嵐の中でいささか戸惑い気味だったが、顔は明るかった。ただ二人のことを、玲子ねえチャン、操ねえチャンと呼べと言われたのには戸惑っていた。二人に話しかけることもできないでいた。政代さんは、自分のことをかあチャンと呼ばせることが、今だに難しいことも思い合わせ、浩介に同情した。

姉二人にはさまれ、浩介は圧倒される気配だったが、意外に従順だった。逆らったところも見せない。浩介に対して、玲子と操はそれぞれ異なる感情を持っていた。玲子は母親を亡くした子として浩介を見、できたらこの子の母代わりになってやろうとするようだ。方言まる出しで、まんまくりょ、しるくりょとおかわりをする浩介を叱って、ちゃんとごはんちょうだい、おみおつけちょうだいと言いなさいときつく躾けたりした。それは一見、政代さんの手前を意識しているようにもみえた。操は、母親の血を同じくする弟として、むき出しに浩介を可愛がり、悪いことに、和江と浩介が対立すると、露骨に浩介の味方をした。それは時に政代さんへの当てつけにも見えた。そんな時玲子はさすがにおとなになって、和江をかばい、操と対立した。そんなことから、四人の仲は、玲子と和江、操と浩介の二派に分かれて、何も知らない幼い妹と兄は、それをそのまま認めていた。これまでもそうだったように、操には玲子と違って、政代さんをしっくり母親として認め得ない幼さがあって、それが浩介という実の弟を見方にすることで、そのすき間を露わにした感があった。

政代さんは、そんな操の振るまいに、当然傷つき、できるだけおとなになろうと努力したが、やはり孤独を感じないではいられなかった。唯それを支えたのは、信ずる神と、神に誓った久直への愛というより他はない。勿論、玲子の見せて呉れる政代さんへの心遣いは支えになっていた。玲子は一切を感じ取って、和江をかばい、政代さんを慰めた。

百姓仕事

ところが、娘二人が帰ってきてというより、ここは操が帰ってきてといった方がいいのかも知れないが、政代さんを辛くするような事態がまた生まれた。

それは、百姓仕事が本格化し始めたことによった。

ここで、これはやがて政代さんも知ることになる、この村の百姓仕事に就いて、あらましを説明しておくとよいかもしれない。

四月に入って、三月に雪の上に撒いておいたモミがらや灰などのお陰で畑の雪が消えると、百姓たちは揃って畑打ちを始める。どうじゃ、芋植えたか。おう、イエは早うから植えたで、はあ芽を出いとる。気張ったなあ、イエはこれからよ。ここでは芋と言えばジャガ芋、イエは自分の家を指した。

芋はアカイモともコウシモとも言った。コウシモとは、甲州芋の訛りかも知れい。芋は半分に切って切り口にワラ灰を塗り、それを畝に埋める。その後、畑が家の近くにあればそこに下肥（しもごえ）を施すのだ。この時期村は下肥の匂いに満ちた。

その次にはいよいよ田の仕事にかかる。初めに田打ち。三本刃のミツ鍬で、深い雪に押し堅められたところを打ち起こすのだが、百姓たちは、その冬の大雪はかえって豊年のしるしだと言って喜んだ。畑でも同じだが、この村では冬の間、地下数尺まで凍てて、長く霜柱が立つなどということが無く、雪は地熱を護って土を肥やす働きをした。これは田畑だけでなく山地も同じことで、その為山菜類もよく育ち、この村が飢餓の歴史から脱がれている原因にもなっていた。

田を起こした後には水を入れる。水は近くに谷でもあれば幸いだが、そうでない時には山の尾を何度でも巡らせ長い　ゆすい（輸水）を引いて、それぞれの田に配る。結構な水量を必要とし、水害にも遇い易すく、ごみは溜まる、時には雪崩れなどで崩れもする。ゆすいの管理は、共同作業でするにしても百姓たちの大仕事の一つだった。

二三日水をつけておくと、起こした田の土が軟らかくなる。これを鍬で揺すり解かして泥にする仕事を田解きといった。泥田にするとそこへ肥やしの青草を刈って撒く。

この仕事にかかると、百姓仕事はピークを迎える。草といっても、肥やしにする程大量の青草が田の周りに十分あるとは限らない。それぞれの家が草刈り場というのも定めていて、刈った草は背に負って田に運ぶ。田に草を撒いた後は田踏み。撒いた草を素足で泥田に踏みこむ。これには、子どもたちも小学校二年生の頃から動員された。自由に遊びまわりたいのに、田踏みには大人よりも子どもに踏ませるのがいちばん。

泥の底まで草が踏みこまれなくて、かえって草が腐りやすいからとかおだてられて、子ども心には時に運動場よりも広く見える田に立たされるのは、まさに地獄の想いだった。勿論こんな仕事を子どもたちばかりに任せる訳には行かない。草の中にはトゲを持つヤブいちごのつるもあれば、アザミもある。どじょうやカエルやゲンゴロウを見ても見ぬふりのできる子どもは居ないし、大人も入らなければ仕事にならなかった。この田踏みが終わると、次はその後を再度きれいに踏み馴らす二番踏みがある。これは足を痛めるものも無く、ただカニのように横歩きして泥を踏んでいくだけのことなので、子どもたちもそれほどいやがらなかった。ようやく田仕事に近づいたかというおとなたちの明るい顔も、子どもたちの心に届いていた。二番踏みが済むとTの字に組んだトンボというもので泥田をならす。これであとは田植えをまつだけ。何せこれまでの仕事が辛いから田植えに入ると村も何やらほっと明るくなるものがあった。そして村じゅうの田植えが済むと、それを区長が見届けて、のやすみの布れを出すのである。従ってのやすみの行事は、何月何日とは定まっていない。一軒残らず、田植えの終わった日が、のやすみである。この日は、氏神に豊作を祈って、ムラじゅうで道場に集まって酒を交わし、ご馳走を交わし、唄って踊った。

さて、操と玲子が帰ってきたのが、この百姓仕事の始まりの時期だった。先にも触れたような事情で、他に人手がある訳でなく、毎年唯一人でこの家の百姓仕事を仕切ってきたサキにとって、体格のいい操の帰山が喜ばれたのは当然のことだった。そしてそれに、操は喜んで応えた。百姓仕事は彼女の性分にも合っているようで、家の中に居るより野外仕事を好むかに見え、晴雨の別なく、サキと共に、田畑の仕事に夢中になっていった。おサキのとこへは、良いモノが来たもんじゃ。あれも、これまで難儀のし通しじゃったでなあ、と周りの者は祝福を惜しまなかった。操のそんな様子を、初め政代さんは、家で自分と顔を合わせるのを嫌ってのことかと思ったこともあったが、間違いだった。出かける時に、サキより先に仕度を済ませていそいそとサキを待つ姿は明るく、政代さんにも愛想が良かった。初め玲子も操とサキに従いて出かけたこともあったがこれは安の条駄目だった。二日目には、通り路にウルシの樹があったとかで顔も手もぷくぷくに腫らしてしまい、それで三日間も苦しんだ。

然し、よくしたもので、玲子にも出番はあった。それは、政代さんを手伝って、学校の手伝いをすることだった。特に休み時間、子どもたちの相手をすることで、彼女は政代さんよりも喜ばれ、彼女の毎日を明るくした。玲子は私よりも良い先生になれるよと言って、政代さんもサキや林平の前で賞めた。そんな玲子の出現で災難にあったのは浩介だった。先生の子たる者がベンキョーもできんとあってはモノ笑いの種子になる。玲子、おまいが浩介をちゃんとみてやれよというサキの命令で、さんざ勉強でしぼられる破目になった。幸い、余りにもデキが悪く、玲子の方からサジを投げられ、二週間と続かなかったが。……その時玲子につけられたアダ名が、チュウイサンマン児。然し、そんなアダ名などどこ吹く風で、浩介はランドセルを軒下に押しこみ、遊びまわっていた。

玲子も操も、寝床はサキや林平と同じ下の階にとった。政代さんに相談した訳でもなく、二人が語らった様子もなく、どうやらサキの一存だったようだ。別にこれといって変なことでもないのだが、それでもそれが誰の考えでそうなったのだろうと、改めてかんがえてみると、政代さんは何かひっかかるものを感じないでもなかった。きっかけは幼い和江の言葉からだった。ねえお母ちゃん、お姉ちゃんたちは、どうしてお二階でいっしょに寝ないの？

千葉でも一つの部屋に寝ていた訳ではなかったが、同じ一階で、和江は両親と玲子たちとの間を自由に行き来して寝ていたのだから、不審がるのも無理はない。和江の頭の中では、姉たちと自分たち母子はずっと一緒のもので、サキ夫婦や浩介は別の知らない人だった。政代さんは和江の言葉にどう答えてよいか分からなかった。

政代さんには、下の部屋でサキと二人の姉妹が、亡き母親の思い出話に浸る様子が想像されて仕方ない時があった。操がサキに従って山に出ることを喜ぶのも、遠慮なく母親の話ができるからではなかろうか、等々……。考えてみれば、それは玲子も、母親と死に別れて以来、そんな話を自由にできたことなど無い筈。むしろ固く口を閉じられてきた。

或る晩政代さんは十分に眠れなかった。浩介も含めて玲子、操との親子関係は、時が経つにつれうまくいく、総ては時が解決して呉れると思っていたが、そうはいかない。むしろこの先、こんな状態が続いていくなら、操を中心に、自分たちの家族は崩れていくばかりになるのではないか……想いは、暗い袋小路に迷いこんでいくばかりに思われた。それにしても久直はいつになったらここに来られるのか。彼が居れば、こんな気持ちから直ぐ救い出される筈……。彼は何といってもこの家族の長。これまでも、玲子や操の気持ちを自由に従えてきた……。

すると、時を合わせたように、翌日久直から手紙が届いた。中みは、政代さんのお腹の子への気遣いと注意、後は、おまえが恋しい懐かしいと、変わらず二十歳の若者のような文だった。政代さんはそれを胸に当て、その後そっと三回読み返した。玲子や操との間については一言も触れてなかった。

これでいい　これでいいのだと、政代さんは繰り返しおもった。考えてみれば、昨夜の自分はどうかしていた。あんなことは、必ずどうにかなることだ。操のことだって、こうしてくらしていく中で、彼女に気付くままに心をかけていけば、分かってくれない子ではない。そしてそれは操に限ったことでもないだろう。それは浩介に対しても同じことだ。気付くまま心をかけていけば、悪い関係など生まれる訳がない……ああ思っているのではないか、こう思っているのではないかと、陰で暗い疑いを持つこと自体、恥じなくてはいけない。政代さんは　久し振りに神を身近に感じて嬉しかった。

今日もサキは操と上きげんで山に出かけた。田打ちだという。どうしてか今日は腰の痛みが無い。これも操のお陰じゃと言いながら。玲子はもう百姓仕事は諦めて、政代さんに従いて学校。朝皆が出た後、食器の片付け洗濯など済ませて学校に出かける。和江は始終玲子の後に従いて、学校に行き、生徒たちと、べんきょうの真似ごと、遊びと、夢中になっている。中で林平は、サキの相手を総て操に任せることができて、家の周りで好きな事を好きなようにして、これも気げんが良かった。

政代さんの学校勤めも、意外な程気楽だった。第一、校長というものが殆ど本校に居るので、気を遣う相手が居ない。今村さんも早々に門入へ引き上げていたし、村の者たちにも注意されるところが無かった。久直の助言にも助けられた。勉強せん子やできない子を叱るな。村では子どもを家の事に使うことは当然のことにしている。朝から晩まで、働き詰めの両親のもとで、子守をさせられ、夕餉の味噌汁やお茶を温めさせられ、掃除もせんならん、草むしりもせんならん、子どもたちも家の仕事でいっぱい。そのすきを見て遊び呆ける子どもに罪は無い。せめて読み書きそろばんぐらいはという気持ちでやれ。教科書の中みを残らず教えこもうなどとするな。学校の勉強ができなんだ者で立派に名を成した者は村にもたくさんおるので、それを村の者も良う知っとる……とにかく楽しみながらやれ。

それに、もう一つ政代さんの気持ちを楽にしたのは、ここでは千葉の学校でのように、軍服をつけた軍人さんが来て、こどもを叱りつけたり、先生を叱り付けたりする心配が無いことだった。

久直の言うように、子どもたちは良く働いた。学校が終わると。お互いに今日はヒマかと尋ね合い、あかん、今日は畑の草むしりじゃ、とか言って、別に不満顔をみせるでなく、それが当然のような会話をしていた。田んぼの仕事が本格的になると、三日も四日も学校へ来ない子が出てくる。訳を聞くと、あれはコデマタへ泊まりこみよと、答えた。コデマタは、村から二時間も離れた所にあった。学校へ赤ん坊を背負ってくる子も珍しくない。器用におシメも替えた。赤ん坊が泣き出しても、不きげんな顔して振り向く者も居ない。サキの話では、つい近年まで、家が忙しくて学校に自由に行けない子も沢山居た、ロクに学校を終わっていない者が親の中にもおるということだった。

子どもたちは、殆どといっていいほど、家で兎を飼っている、仔を産んだとか、肥えてこのくらいになったとか言い合い、飼育用の草採りは当然子どもたち。冬になると肉は家族で食べ、皮は役場に出して戦地の兵隊たちの防寒具に使われた。

戦地に送るものといえば、山野からアカソという草を刈ってきて、その皮を干したものも役場へ出したりした。麻という草も畑で育て、その皮も天日で干し、役場へ出した。みんな兵隊たちの服になるものばかりだった。でも、アカソや麻の皮から繊維を採ってひもや布を作ることは昔から村でもしてきたことなので、それに不満を言う者はいなかった。出征している息子や夫たちのことを想って作り、役場に運んだ。どこそこの村が、今年は出し頭じゃった。この村もせいぜい励んで呉れと、区長が激励したりもした。

子どもたちは、よく働きもしたが、遊びもした。ひまさえあればという言葉があるが、寸暇を惜しんで遊んだ。古釘や石のかけらで地面に線を描いて、陣取り、石蹴り、釘打ち。古縄をつないで縄跳び。輪をつくって、子買お子買お、どの子が欲しいと唄い合い、両戸の川瀬の大水車、ひと瀬まわってやすみましょと唄って、男女の別なく周りがみえなくなるまで遊び呆けた。遊びは運動場が主だったが、山野も川も区別は無かった。川も水泳ぎだけではない。川原に水を引いて、そのふちに小さな石垣を組み、中に小魚を遊ばせ、区切りには上流のセキを抜いて、それ大水が出るぞと歓声をあげ、それらを壊し、また造りなおしたりしては、唇が紫色になるまで遊ぶのだった。

山野は、子どものおやつ探しの場でもあった。春はスカンポ、イタドリの若芽、野イチゴ、夏は山田のほとりにあるスモモや小モモ。帰り路、傍のサツマイモ掘って食ってどなられたりした。そんなことをしても、学校へ苦情を告げてくる親たちは居なかった。秋は、アケビ、コクワ、ズウメ、ヤマボウシなど豊かに採れた。山で働く大人たちも、留守を護る子たちにホウビとして家に取ってかえった。

勇ましい子は、マムシやシマヘビを捕まえて、其の場で皮をはぎ、笹竹の串に刺して家に持って帰ると、留守をしている年寄りに焼いてもらい、仲間で食べた。浩介も一度、仲間と三本の串刺しを持って帰って、母ちゃん、これを焼いてくりょと政代さんの鼻先へ突き出し、何より蛇嫌いの政代さんをのけぞらせたことがある。お前のとこなら、母ちゃんが山へ行かずにおるで焼いてもらおまいかと相談して得意気に持ってきたのだったのが、とんだ当てはずれだった。政代さんがその話を久直へ手紙にかいてやると、どうしてそんなもったいないことをする、本当ならお前の方から浩介に頼んででも獲ってきてもらわにゃならんのにと、お叱りの返事がきた。政代さんの方は、まだあの時の身震いが止まらない気持ちでいるのに。

家の数は六十戸ほどの村だったが子どもたちの為の店は、飴など少し売っている酒屋が一軒あるだけで他に無かった。うす暗い土間の部屋の上がりがまちに広口ビンが五六個並んでいて、ゼリコだとかドロップだとかいうのを売っていたが、浩介は林平がしまり屋だったせいで買ったことは無かった。もちろん、友だちにもそんな菓子をしゃぶっている者など殆ど居なかったが。

こうしたくらしの子どもたちを相手に、勤めは、気楽で楽しかった。親たちも先生の言うことをよう聴けよと言い、送り出すだけで何も注文するところはない。お陰で子どもたちは素直で、大声を立てる必要も無かった。その上、玲子が適当に遊び相手をつとめて呉れ、体の上も十分助かった。体操の時間なども総て玲子だった。それに玲子には、教師という職によく向いているところもあった。満州時代から、担任としての政代さんを見つめて暮らしたせいもあったかしれない。

政代さんとしては声に出すわけにはいかないが、お陰で、百姓仕事に出なくて良かった。サキに言われるまでもなく身重の身で百姓仕事に耐えられる筈もないが、正直、へビだらけの野に出ることは芯から苦が手だった。仕事の最盛期には農繁休暇というのが一週間ほどあって、政代さんの心を暗らくしたが、できるだけ田んぼの仕事に加わろうとはしてみた。主な仕事は田踏みで、必ず浩介を供にする。理由は道中で出くわす蛇。浩ちゃん、一緒に行ってねと頼むと、理由の分かる浩介は、ナイトよろしく鼻をうごめかせて政代さんの先に立った。石の間に逃げこもうとするやつまで、これ見よがしに引きずり出し、しっぽを掴んで一振りすると、川向こうへ放り投げたりしてみせた。

然しそんな時期にも、玲子だけはうるしかぶれを怖がって、山へ出ようとしなかった。そのかわり家に残って、行水の為の湯を湧かしたり食事の用意や洗濯をしたり、政代さんのかわりをした。その為に操との仲がどうなるということも無かった。

五月は、百姓仕事の季節でもあるかわりに、山菜取りの季節でもあった。フキやウド、サワアザミなどは当座に食べるもので、その為に一日費やすこともなかったが、ワラビやゼンマイ、コゴミなどは、正月や法事の膳に欠かせないもので、ゼンマイなどは特に険しい所にあったりして、そんなに大量を簡単に採れるものではない。村ではその仕事をタゲキと呼んで、山菜採りなどと優雅に言う者はなかった。その点では、山菜採りをちょっとしたピクニックふうに想って、楽しみにしていた政代さんをがっかりさせた。

　それでもそれまで、黒っぽい緑のスギと葉の落ちた樹々ばかりで、何の色どりもなかった周りの山が、コブシの花を皮きりに、ブナの黄緑、そのうち山桜もあちこちの山肌にといったふうに色どられていく様子は、政代さんを喜ばせた。山ばかりではない。家の周りでは椿、ボケ、桃が花を開き、水仙、タンポポ、スミれが競い合うように地面を色どって、それがまた三日見ぬ間の言葉通りに、変化がいかにも急なのだった。家周わりの花は、忙しい中、サキが仏花の為もあって丹精したものだった。

　百姓仕事で精いっぱいのサキや操には、タゲキに費やす時間も労力も無かったが、それでも山からの帰り道で採ってくる。ワラビ、ウド、フキ、サワアザミがなどが食膳をにぎわせた。あれがおいしかった、これがうまかったと久直に手紙で報告すると、そういうものがどれだけうまいものかは十分知っている、マメとイモぞうすいばかりのわしに、そんなせっしょうなことを書いてよこすなと返事がきた。併せて、こんな金ばかり呉れても買って食うものもない所にいるより、そっちへ行って山のものを腹いっぱい食って暮らしたいといってきた。

　かといって、この山奥の村が、山から採る食べ物で溢れかえっていたかというとそうでもない。近年、百姓用の肥料も途絶え、畑の物も育ちが悪く、そこへ疎開者も増える一方で、村では大人も子どもも食べ物のことになると目の色を変えた。併せてこれまで村の者が食べ馴れないものも食べるようになった。どじょう、タニシはもとより、サワガニやヘビを食べることも多くなり、採ってくる山菜の種類も増えた。かえって、疎開者に教えられたものも少なくなかった。こがいなものが食えるとは知らなんだ。だまされたと思って食ってみたが、なかなかうまいもんじゃどと感心しながら、村の者も食べる山菜の種類を増やしていった。その点、村は深い山に包まれ、雪が降っても土の底まで凍ることなく、年間の雨も多くて、山のものがよく肥え育って、食べ物の宝庫のような感じもしないではなかった。

とはいっても、さすがに体の栄養の面から十分ではなかったのだろう、少し虫に刺されても、化膿して出来物になって、人を悩ませた。和江なども、膝や手足を赤チンだらけにして、哀れだった。化膿した所が治り始めると其の周りがかゆくなる。子どものことだからそこを掻きむしる。それがもとで新しい傷口ができる。政代さんもこんな目にあったことがなかったからほとほと困った。

お腹の様子は、手紙の度に久直から心配されたが、生来の政代さんの健康体のせいもあってか、学校勤めに障るようなことはなかった。唯、いよいよ田植えの時期に入って忙しさも山場にはきていたが、この仕事だけは手伝うことができなかった。それでも、晴れた日などは、半ば周りの景色に誘われる気分も手伝って、弁当のおかずなど用意して、浩介と二人で出かけた。田植えには懇意にして呉れている家の若い者が来てくれることがある。そんな時には操のきげんはいつもより良く、サキはまた、政代さんのことをこういうことをしてくれる者ができて、わしは極楽と、手伝いの人たちに自慢した。考えてみると、つい去年までは、こうした百姓仕事の切り盛り総てを、サキは女手一つでさばいてきたのだった。

サキがこの家に嫁いできたのは十四の時。その時分は、まだ子どもの気分も抜けず草刈の途中に藪イチゴを採って食ったりして、手伝いの衆に嗤われた。幸いかどうか、姑は目が悪くて仕事を手伝うこともできずその点楽だったが三四年たつと、林平が日露戦争のあおりで金沢に三年ほど兵役に出ることになる。もう藪イチゴどころではない。百姓仕事はサキの独り舞台になってしまって、久直もたづ子も幼なく、それに加えて林平の妹が嫁ぎ先から子ども二人を連れて入ってきた。それだけに済まず、その目の悪い姑が、出戻りの娘の孫に、この家の跡を取らせるとか、分家させてその孫たちに自分の老後を看させるなどとかやこしいことを言いだして、サキや久直に意地の悪いことをしかけだしたのだ。サキは忙しい百姓仕事の上に、幼い久直やたづ子のことを想うと気も落ち着かず、その様子を金沢の林平に手紙で報せるなどという才覚も持っていない。幸いというか、さとの川口の家には半平という弟が久直と似たような年頃だったので、久直だけは留守の多くを川口で過ごさせたりした。朝家を出る時は、教科書などといっしょに握り飯を包み、それを小さな肩にはすに結わえてもらって、久直は学校と川口の家に通った。何といってもこの頃がいちばん苦しかった、死を考えたことさえあったと、政代さんの前で、サキは回顧する。そして、家の近くの母親キクの在所へ、慰めの言葉一つでも貰おうと行くと、そこの婆さんから、おサキ、あの家がいやならいつでもずたぶくろを仕度してあるでなと言われたと話した。頭陀袋とは乞食して歩く為の袋で、その家をでたら、村に親子三人養なって呉れる所など無い、乞食でもする積もりで出て来いという意味だった。そういえば、いつだったか久直がこんなことをしみじみ言ったことがある。母親というものは、どんなことがあっても、死にたいなどという言葉を子どもを前に口にするものではない。子どもにとっては、母親だけがすがるに足りる命綱なのだから……と。サキは久直に、何度も死にたいと訴えたことがあったのだろう。

それにしても、サキはどんなふうにそんな苦難を乗りこえてきたのか。自分で命を絶つことは犯してならない罪だと、サキも説いたことがある。理由は、自分の宗旨の浄土真宗にこうして生まれたということは世にも稀な仏の縁によるものである。それをこの娑婆の苦労ごときものでふいにするものではない。それこそが仏への裏切りである。そう説くサキの表情は、全く真剣そのもので、政代さんも心を打たれた。それはキリストの教えそのままでもあった。

　でもそれだけでなく、そうした苦労は、こうしたところで生きていくには、誰しものことで、ここで生きる者の宿命観のようなものがある気もする。ついこの間村でこんな出来ごとがあった。木地屋の嫁は、草刈りの最中に産気づいて、仕方なしにその場で産むと、持っていた鎌でへその緒を切り、そのまんま抱いて戻った。あろうことか、刈った草も背中にして。その人は、十三の齢に、仕事で来た木地師と一緒になり、この村に来ると、木地師では食っていけなくなって、一家四人でここに落着いたのだった。住まう土地も耕す土地も村の者からの借りもので、当然暮らしは楽でなかった。政代さんもその子どもを担任しているので、かねてからその人の身の上を想いやり、同情を寄せていた。が、政代さんが気になったのは、彼女のその出来事を話す者たちの口振りだった。そこには彼女の苦難への深い同情というか憐れみといったものが感じられないような気がしたのだった。政代さんに話したサキの口振りにもそれを感じた。この村では、そのような自分やひとの苦難をどう受け止めているのか、そこのところが十分理解できない気がした。きっと、これまで政代さんが見たり聞いたりしてきた人間の苦労と、この村の人たちの苦労とは、その受け止め方がどこか違うところがあるのではないか。やはりそこに、脱れられない宿命観があるのではないかと思われるのだった。

野休み

田植えが終わると、村には野休みという行事が待っていた。もちろんこの村にも春祭りは一年の豊作を祈る為に行われて、禰宜《ねぎ》と区長と道場坊の三役が宮参りをしてきた。然し去年から、兵隊たちが戦場で苦労しているのに、留守をしている自分たちが、祭りをして芝居や御輿で騒いだり、おみきやご馳走で宴をはったりするのは戦地の兵隊たちに申し訳ないということから、役場からの御達しで取り止めている。が、この野休みだけは、特に達しがなかったということもあり、ずっと賑やかに続けていた。春祭りが楽しんでできなかったせいもあり、これは食糧増産の励みにもなることじゃからお国もとがめることはなかろうと、山菜や川魚のご馳走にどぶろくも加えて道場に宴を張り、あとは、運動場に大提灯を用意して、踊って騒いだ。でも村に数少なく残った青年たちと娘たちが中心になってやったのだが、やはり以前のように盛大にという訳にはいかない。青年というものがいない。若い衆の芝居と太鼓と笛が無うてはなあ。これじゃあわしらばっかじゃなしに、神様も喜ばんど……肩をすくめてそう言う者もいた。

野休みは、先ず区長がどこの家も田植えが済んだかどうか確かめることから始まる。そして確かめると、明日から野休みじゃてえぞようとお布れをだす。初日は朝から道刈り。両隣村の境まで道端の草を刈る者と宮と道場の掃除をする者とに分かれてそれを午前中に終わると、午後から宮参りを済ませ、休みに入るのだ。山場は、運動場に集まっての踊り。吊るした大提灯の下で、よく声の立つ音頭取りが、サアヨレサヨレと唄い始める。これは踊り始めの唄で、意味はさあ寄って来いという文句。暮れきった周りの山に、かん高くこだまする声が、何やら物哀しさと賑わしさの両方を伝えて、政代さんの耳に深く届いた。踊る中には、この春戦死の公報を受け取った遺族も居るはずなのに、そんな話も出ることはなく、街の者たちが空襲で苦しんでいる筈なのに、疎開してきた者もそんな話を出すこともない中で、澄んだ音頭の声と踊る者たち足音が、周りの闇に吸われていた。そんな村は、激戦の中にある国とはまるで別転地のようだった。運動場の賑わいに誘われて家を出てみると、手をつないだ和江がわあお星さまがきれい！　と声をあげる。そういえば政代さんもここ一二年夜空の星をゆっくり見上げることもなかったことに気付かされた。村を囲む山のシルエットに区切られた空に、和江の言葉通り星が美しかった。闇の中の足もとも星の光でほのかに白く見える。馴れると灯かりは要らなかった。

運動場では村の者たちに声をかけられた。こがいな踊りを見るのは、先生も初めてじゃろうが。その通りだった。岡山の幼い頃にも直かに見た覚えがなかった。生徒の親たちも寄ってきた。横着坊主が世話になっとる。ちっとも勉強しようとせんが困ったもんじゃ、たのむど先生……。

大提灯を中に、音頭に合わせて囃しを入れながら、大人たちが踊り、その間にこれも一人前の顔をして子どもたちが踊っていた。浩介はどこへ行ったか見えず、そのうち和江もたづ子の子といっしょにどこかへ行ってしまっていた。するとその時、後ろで、おい、あがいなとこで飛行機が！　と声がして、皆なの見上げる山の端の空を見ると、消え際の線香花火のような光が見え、中のひとりが、あれは敦賀の上空辺りじゃなあと言った。

千葉に居た頃から、政代さんも暫く非常時という言葉の中で暮らしてきたが、ふりかえってみるとここへ来て三ヶ月足らず、生まれて初めてばかりのくらしの中でそれも無理はないことだったと思うが、それにしても人間というものはこんなものなのか、自分が今、激戦中の非常時の中に居ることをすっかり忘れていることに、政代さんは改めて気付いた。もちろん、ここへ来てからも各務原の飛行場が焼かれた、否、街もやられた等の話は耳にも入ったし、久直の手紙からだけでなく、ついこの間も南の空が異常な色に染まり太陽に傘がかむって、あれは大垣が空襲に遇っとるんじゃなどと村でも言われたりしたこともあったから、まるきり戦争の話がなかったわけでもないのに、やはり非常時という想いからは遠かった。この村は、そういう所だった。

玲子も操も外に出ていて、この踊りの輪に居ても不思議はない筈だったが、見当たらない。二人共、幼いころ村の娘たちとは既に知り合っているからどこかの家に招びこまれているのか。こうした行事の日に限らず、相手は別だったが、二人共夜分に誘われて外出する程、いつの間にか村の幼な馴みとは親交を戻していた。

野休みは三日続いた。三日めの日は、願い休みといって、この日は二日めの晩、若い衆の代表が二人、区長の家に行って、今後変ることなく家業に精を出しますので、明日一日休みを下さるよう願いますと、かしこまって口上を述べ、区長も快く受けて、明日一日願い休みじゃどようと、布れを出すことになったたいた。

その願い休みの日のことだった。浩介が和江に踊りの手ほどきをしている。そういえば昨夜、手もとに居た和江が、たづ子の子に誘われて見えなくなっていたので、探してみると知らない間に踊りの輪の後ろで、しんけんな顔して踊っていた。こうやって、こうやってこれを三べんしたところで腰をかがめて、それで前で三つ手を叩く……そうそうと言いながら浩介が仲々上手に教えている。ただちょっとおどろいたのは、教えながら唄っている、浩介の歌の文句だった。止めてぇーえ　え止まらぬうぅオハラ　いーいろおーのみいちぃー。竹に雀はしな良くとまる、止めて止まらぬ色の道。それを、な、分かったか、踊りはな、唄といっしょに覚えにゃあかんどと念まで押して教えているのだ。文句の意味は、政代さんでも二三回口ずさめばすぐ分かるものだった。

心配して久直に書いてやると、わしも同じようにして育った。その為に立派になったとは言わんが、それで村から犯罪者が出たとも聞かんから、つまらん心配せずに放っとけと言ってきた。

野休み中に疎開者もまた増え、その分生徒も三人増えた。これまでの子を合わせて七人。ふと政代さんは面白いことに気付いた。普通なら、疎開児童は新参者で、数から言っても後輩扱いの筈なのだったが、学校ではそれが違った。教科書は街もここも同じだが、授業の進み方は街の方が先を行っている。それに授業中に使われる言葉も教科書と同じで、街の子たちには馴み易いということもあってか、どうしても理解という点でも村の子たちは遅れをとった。勉強だけではない。遊びの方でも疎開児たちが持ち込んできた遊びに先を越された。クチクスイライ、ニクダンなどという、戦場を想定した、激しい遊びの方が、地面に線を描いたり、手をつないで輪を作ったりしての遊びよりも、やはり面白い。それに子どもたちは新しもの好きだった。そんなわけで、勉強も遊びも街の子たちの勢いに負けた。初め、村の暮らしに無案内な街の子たちを憐れんで、少しは味方になってやらないとと思っていたが見当が外れた。

子どもの親たちについても思惑がはずれた。政代さんは多少なりとも自分たちが先に来たのだから憐れみや親切をと思っていたのに、疎開して来る者は殆ど村の縁筋の者で、もとは地元育ち。何のことはない、多く政代さんの先輩ばかりだった。

そのせいか、彼らは元気もあり、街で苦労した経験も生かして、代用食などという言葉をはやらせ、その作り方も広めた。また山菜にしても、あれも食べられるこれもおいしいと教え、村の者を、長生きはしてみるもんじゃ、こがいなものが食えるとは思わなんだと、感心させていた。

キク　生まれる

七月、キクが生まれた。梅雨空の、湿った暗い日だった。気温も低かった。

朝方陣痛が始まったが、政代さんは冷静で、サキはその様子を、あれは偉いもんじゃ、キリスト教のせいかいなあと　みなに語った。横になってお願いしますとサキとたづ子に言って、政代さんが十字をきったからだった。併せてキリスト教ってもなあ偉いもんじゃとも言った。

外は明るかったが、お産の部屋はわざと閉めきって暗かった。二台のランプの明りの中でキクは生まれた。わざと部屋を暗くしたのは、サキとたづ子で、村の習わしだった。政代さんは何も言わず、二人に総てを任せた。というより神に総てを任せていた。産は軽かった。政代さんの健康体とキクの体が小さかったせいだろう。が、総てを神のご加護と、久直への手紙には書いた。久直からは、驚きと、安心と祝福といっしょに、一日も早く帰りたいという思いも伝えてきた。

産中の手伝いと産後の介抱には、玲子と、操もよく働いた。こんな時何かと逆らいがちな操が、玲子の指図を素直にきいて立働く様子は意外だった。政代さんは、これも神のお陰かと掌を合わせた。

この年の四月、浩介を育てたサキの母親の川口のキク婆さんが亡くなっていた。生まれたキクをとりあげた時、サキが、あ、こりゃおんなごじゃ、ひょっとするとおっ母の生まれかわりかもしれんとつぶやき、合わせてたづ子が、兄さんと名を決めてありゃぁ別じゃが、決めてなかったらキクにしたらと言ったので、政代さんは笑顔で肯き、それもいいわね、主人と相談してみると答えた。それで名はキクと決まった。

すると、そのキクに、浩介がおかしな程興味を示した。けがでもさせたらと、サキが気を揉む程、政代さんの傍に眠っているキクの傍から離れなかった。かがみこんで、昆虫の腹のように上下するキクの額の上部を飽かずに見つめていたり、我慢できなくなって、そっと触ってみたりしていた。掌を握ってもよいかとか、あ、笑った笑ったなどと、ひとり歓んでいる。外へ遊びに出ようともしないでそうしている浩介に、政代さんが、浩ちゃんはキクのことがよっぽど好きなのねと言うと、浩介はウンと言って笑った。

暖かくなって、キクの肌に汗もが出始めると、それには桃の青葉の茹で汁が効くということで、採り集めるのは浩介の役目になった。遊ぼうと誘いに来た友達をも平気で待たせたり手伝わせたりしながら、浩介はその役目を喜んで果たした。

政代さんが床離れをして炊事仕事など仕始めると、キクの子守は、待っていたかのように引き受けた。背負わせてもらうと、仲間とそのまま遊びにも出かける。キクはいらが負いねると、きっと泣き止むもんなァというのが、浩介の自慢だった。自由に遊びまわる仲間を横目に、キクをあやして飽きない様子だった。

そんな浩介を見ながら、ふと政代さんは思った。この子と浩介は、自分や和江とも、ひょっとしたら玲子や操とも違う絆を、この子との間に作っていくのではないか。そしてそれが、自分と彼との絆をも濃いものにしていくことになるのか知れない。天にさずかったこの子が、自分と浩介を深く結びつける役目を果たして呉れるのだとしたら、それは何と幸運なことだろう……。キクは、まさに天から降った子のように、家じゅうの笑顔と慈愛に包まれて順調に育った。おデコの広い、目の細い、キクの笑顔を見て、林平までが、デコハチデコハチと呼んで不器用に可愛がった。夕餉前、仏前へ参った時、直ぐ横でキクが漏らして林平の裾を濡らしても、きれい好きな男なのに、読経を止めて、ほ、ほほといいながら、笑っていた。

然し、その様に家人の間を這い巡りながら愛嬌を振り撒く中で、操だけはその賑わいの中にまだ入らなかった。産中に玲子と共に素直に助けて呉れた時に持った政代さんの期待は、少しづつ後退しているかのようにみえた。

久直　山へ帰る

　キクが生まれて間もなく、突然久直から山に帰るという手紙がきた。長い長い手紙で、粗末な紙だったが、いつものような米粒の字で、読んで顔が赤くなるような政代さんの許に帰れる悦びや、キクを始め家族と一緒になれる歓びやらを綴っていた。何故そういうことになったのか、その前にそれと分かるようなことは報らせてきてなかったので、政代さんは驚き、家の者たちも驚いた。こちらに向かう日にちまで書いてあった。帰ることになった理由をきく暇もないあわただしさだったが、とにかく政代さんはもとより、家じゅうが湧くほど嬉しいことには変わりない。

　林平やサキは、全く久し振りに長男に逢える喜びと、離れて暮らす長男の身を、しかもこの戦中の空の下で心配しなくて済む喜びで、陰で涙を流す想いだった。玲子も操も、政代さんと自分たちの間に、久直という存在を求めていた。改めて久直が、自分たちと政代さんを結ぶ、安定したかすがいのようなものだったことにも気付くことが多かった。和江はその晩、遅くまで政代さんから父親と共に暮らし続けることのできる喜びを聞かされた。浩介は、ひとり、久直というひとを見知っていなかった。存在だけは聞いて知っていたし、それが父親に当たるという人だとも知っていた。冬、一年生二年生の頃、川口のキク婆さんのとこからこの家に預けられていた時、林平とサキが、暮れになると千葉へ小包みを送る。その時、使い古した包み紙の小包に、林平が、チビた筆先を舐めながら宛名を書く。浩介が、じいちゃ、それは何て読むんじゃとききくと、林平は一字一字指しながら、これはなあ、チバケンイチカワシヤワタイチハチクックって読むのよ。ほしてこっちはヒラカタヒサナオサマって、これはわれのお父っさの名じゃ、ヒラカタヒサナオ……。いつだったか浩介が政代さんが千葉の話をした時に、いら、そこの名まえを知っとるどと言って、所番地を復唱してみせたら、政代さんは驚いていた。そのようなことからサキや林平の口から、ヒサナオという名と父親ということを結びつけて、見た憶えはなくても存在だけは知っていた。然し知っているのはそれだけで、それが皆んなの所に帰ってくるということが、どうして喜び騒ぐことになるのかは分からなかった。

帰って来る当日は、政代さんの時のようにマサユキに迎えに行って貰った。道中心配することは何もない。夏場のことで日も良かった。着いた久直は、陽にやけて元気だった。わりゃ食い物に飢えとっても、おそがい元気良いなぁと、迎えたサキやたづ子に言われた。

その日の夕食はたづ子親子も入って、何よりその為に政代さんと玲子にサキも手伝っての山菜料理。その上に漁師のキヨジに頼んでアマゴまで付けたものだから、久直が目を潤ませるほど豊かなものだった。今時天皇へイカでも、これだけのものは食えまいと、舌つづみを打ちながら久直が言う。ゼンマイ、ワラビ、コゴミの煮物、フキ、ウド、シズクナなどが、これでもかというほど、大皿やどんぶりに盛られた。飯も混ぜ物なしの白米だった。なにより家の大将が戻って来たんじゃでなあとサキが林平に話かけたら、林平も笑って肯いていた。丈夫な嫁を貰って、旅館をしながら、教員をさせて家を継がせようとしていた長男が、それでもこの戦争のお陰で望み通り戻ってきた、大事な長男を街に出して、林平も家をつぶす気じゃとからかわれていたこれまでの辛棒を思うと、芯から久直帰還を喜ぶ二人に無理はなかった。

政代さんの歓びも二人に劣らなかった。長く床の中を始め様々な場面で、久直不在の寂しさをしのいできたのだった。いつでも相談相手が居る。日々の共感を共にできる。

唯細かな見方をするなら、操だけがこれまでの一家の主役の座を犯された気分に、少しなっていたかもしれない。然し玲子にするとやはり、久直が居る限り、政代さんへの態度のことで、操と諍いをすることはないだろうという気持ちになれた。

久直の帰還は、単なる疎開ではなく、これは久直一家が平方家として永久に暮らし続けるのだという思いを、特に林平とサキとに持たせた。年月が経ち、戦争も終わって、世の中が落ち着いてきたら、再び街での暮らしに戻るのだという夢は、持とうにも持てないというのが、久直にも政代さんにも言えることで、そうした林平やサキの思いを打ち消すなどということはできない。まだこの戦争も、いったいどんな形で終わるのか、この先何年続くのかさえ、確かに答えられる者は居ない。然し林平とサキは、先に言ったように、もうこの一家九人は永くここで暮らし続けるのだ、もうこの先、これまでのように二人きりで、ここに久直たちを心細く待ち続けることは終わったのだと思いこんでいた。見よ久直、これで九人！。これまでこの家にこれだけ人が揃ったことはない。この家もこれで万々歳じゃ。政代さん、玲子、操、浩介、和江、そしてキクの顔を並び見て、サキは感慨深く言った。そう言えばサキは、久直たちが帰らない前にも、時折浩介の頭をごしごし揉んで、さも愛おし気に、これがこの家の芯じゃでなあと吐やいていた。これからは学問の時代になるのじゃからと言われて久直を師範学校に出した。それがそもそもこの家をつぶすもとになった、学校になど出さずとも代用教員ぐらいになれた筈、と常々林平からせめられてきた口惜しさも、サキとしては、今晴れたのだった。れっきとした長男久直が、やっとここに帰って落着くことになった。浩介の代まで待つことはない。村の者にも嘲われること無く、林平にもとやかく言われることはもう無い。

ひとつの〝家〟らしく

久直が帰ると直ぐ手をつけられたのが、家の造作だった。満州で妻を失った年、つまり浩介の生まれた年が、この家の建てられた年だった。前の家は火災で失われていた。今の家の一段下の畑地、村の家並み近くにあって、林平は再度の火災を怖れ、ここへ家敷替えしたのだった。軒に当たる、山裾を削って造った敷地になので、湿気が多い。仕方なく軒下に池を掘っていた。その代わり使い水は裏山から樋で引いて、山水をそのまま使っている。井戸も要らない。

築後の造作が十年余りも遅れてきたのは、火災と建築費で財を費やしたのと、以後、世の不況によるものだった。ところが、帰り際、久直が会社から意外な程の退職金を得てきたのと、政代さんの月給が当てにできたのとで、林平も乗り気になって、再造作に直ぐかかることができた。にわか大工のマサも雇うことができた。マサは隣の千代吉兄いの養子にきたばかりの男で、運よくまだ兵隊に取られていないでいた。勿論作業には、慣れない手つきで久直も林平も加わった。お陰で、風呂場とそこへの廊下、水まわりの床や棚などが整い、それには政代さんや玲子の口出しも容れられたりして、それもまた、やっぱ父ちゃんが来ると良いなあという、久直歓迎の言葉に加えられた。特に風呂や便所への廊下は文字通りの土間だったから、雨天の時など粘土質の表面はヌルッとして、そこを歯の高い土間下駄で歩かさていたから、それが板廊下に変えられることは何よりの喜びになった。浩介と和江はそこを走り廻って喜んだ。

夜も明るくなった。それまでの小灯しが使われなくなり、囲炉裏ばたで客用の吊るしランプが常時使われるようになった。それにも久直が、灯油の金などどうにかなる、それよりわしも眼が悪いし、浩介や和江たちの眼のことを考えてやらにゃあかんと林平に言って納得させた。

囲炉裏の上には、薪が燃え尽きた後に急いで作られた広い茶ぶ台がかぶされて、そこで満州から持ってきたマージャン碑を出し、ランプを間に、家族マージャンを楽しんだりした。姉たちの横にくっ付いて浩介や和江も仲間になった。

これらの変化を目の前に、政代さんは地獄から天国にでも変わったかのような想いだった。久直が帰った時のことをあれこれ夢見ていたが、こんな変わりようにまでなるとは思わなかった。

ただ久直の意向から、食材の中にカエル、タニシ、サワガニ、コオロギ、イナゴなどが増えてきたことには戸惑った。それらには関での暮らしで久直が覚えてきたものも含まれていて、村の者もあまり口にしないものもあった。浩介が学校で、仲間たちにあれも食ってみたこれも食ってみたと自慢気に話すのを、政代さんは冷や冷やしながら聞いていた。しかも久直はそれらを、お前は産後の体の為にもと言って政代さんにすすめる。ただサキが、久直にそう無理にすすめるな、かわよいに。この村でも昔から、そがいなものを、そう食ってきたわけじゃないに、と、時々たしなめてくれたが……。ただそうしたものを竹の串に刺したり焼いたりするのは、浩介と自分で引き受けてくれた。

久直の帰りで、ちょっと政代さんを悩ませたこともあった。それは浩介の寝る場所についてだった。サキが、政代さんと久直のことを、これが父ちゃん、これが母ちゃんと、浩介に言い聞かせているのに、キクと和江と自分たち三人だけ二階へ別れて床を取ることに、政代さんは悩んだ。これを機会に、浩介を私たちと一緒に寝かせたらと言ってみたこともあったが、意外にも久直は、そういうタワケたことを気にするなと一蹴したのだった。そういうことをすると、よけいおかしなことになるというのが、久直の理由だった。久直の言い分も少しわかる気はする。いつだったか、みんな寝る頃になって、浩介がキクの傍から離れそうにないので、どう？　浩ちゃんもわたしたちと一緒に寝ない？　と誘ってみたら、浩介は驚きあわてて階下へ駆け降りていったのだった。考えてみれば、あれが浩介の自然なのだと思わないでもなかった。

浩介にしてみれば、自分たちはお前の両親なのだと、まるで自明の理であるかのように言い聞かせてみても、生まれてからこちら、親というものを体や心で実感したこともない。玲子や操とは、そこが大きく違う。実の親だの実のきょうだいなどという言葉は、この子には意味がないのだ思っていい。政代さんはそんなことも思ってみた。

見も知らぬ人たちが大勢押しかけてきた。母さんだ、姉だ妹だと名乗って、親切に振舞ってくれるが、その理由も分からない。友だちの家へも、戦争で危ないからと逃げてきたようだが、この人らもそれと同じかとみても、どうも様子が違う。……然し、まあいいや。そんなことを考えるのも面倒くさい。とにかく今、それで自分はけっこう楽しいし、何もいうことなく、満足だ……　これが浩介の本心のように見えた。村の者たちが、良かったなァ坊！　父ちゃんも母ちゃんも揃ったし、姉ちゃんも妹もできて……どうじゃ嬉しかろうが！　と声をかけてくるのにも、浩介はその意味は分からないまま、ウンと答えて笑っているらしかった。

久直にも教職が

間もなく夏休みに入ろうとする頃だった。突然本校から校長が訪ねて来て、久直に本校の教員になってくれないか、是非ともと申し入れてきた。訳を聞くと、この間の岐阜市の空襲で家が焼けて、家族や親類が困っている先生ができ、その補充に困っているのだといって、赴任は八月早々にでもという。岐阜市の空襲については村にも話が届いていた。その為に川口の半平たちも家を引き上げて村に帰るのだと久直宛に速達が届いていた。この村にまで、ボロを着のみの、乞食ともつかぬ口の効けない男が迷いこんできて、どうやらそれが空襲で焼け出されてきたせいではないかと噂されていた。男は何も言葉をいわないまま、アーアーと訴えながら、掌を口と腹とに上下させて、食べ物を求めていた。

今、これといってすることがあったわけではない。教員話はその場で受け容れた。明日にでも様子を見に伺うと返事をすると、校長は喜んで帰っていった。サキが気を効かせて、米一升と小豆五合を持たせた。

話は、ほぼ予想されていたことで、唯それが、こんなに早く、しかも向こうから舞いこんでくるなどとは思っていなかっただけのことだった。その晩の夕食の場では、とにかく良かった良かっただけの言葉で湧く。林平が、月給は、本校勤めで男でもあるから、役場や郵便局員のように高かろうと喜んで予測すると、サキに金のことばっか言うなとたしなめられ、それもこれも、半平の言うことをきいて、久直を師範学校へ出しといたお陰じゃどと言われ、これには林平も素直に肯くよりなかった。それもこれも無事に学校を出られたのは、あの年二年続けて蚕の出来が良かったお陰で、あれが無かったら久直も只の代用教員ですんどったんじゃでなあと、サキは想いに耽ける。何がどういうことで幸せにつながることか分かったもんじゃない。

久直が通う本校のある本郷との間は六キロ。夏場は自転車で、冬場は本郷に下宿ということになる。翌る日、久直は本郷に出向いて、校長に勤務の一部始終を聴き、自転車の購入も済ませると、下宿先を、カンベイの家に寄って世話を頼んだ。カンベイではあんたならどこでも喜んで泊めてくれるからと言われ、久直は気を良くして、道中を懐かしみながら村へ帰った。帰れば妻や家族も待っている。会社の寮でひとり豆雑炊をすする暮らしとは天と地の差だ……。

それにしても、この戦争、いつどんな形で終わるのか、勝つことはおよそなかろうとは思っても、山に越してきてからはまして先が見えない。関ではラジオもあったが、話題にはできなかった。勝ち負けの話をすることが許されなかった。相手がこちらを睨んで首を横に振った。ラジオは勝っているとか、必ず勝つという話ばかり。新聞も同じ。見当はさっぱりつかない。ただ非常時だけが叫ばれ、ブナの木で飛行機を造るのだとか、古釘や古鍋、仏具など集めて銃の弾を造るのだと言われ、米粒も満足に口に入らない毎日では、勝つと言われても素直に納得できない。それに沖縄はもうアメリカの手に落ちたというような話もされていた。実は久直が急に山へ帰ろうと決心したのもそんな情勢を感じてのことだった。会社も止めなかった。

会社は、軍刀を造る会社で、以前関の孫六などという結構な日本刀を作ったりしていた。それが近年になって、初年兵が銃に着けたりする、通称ゴンボ剣と呼ばれるような刀を、しかもできるだけ大量に造れなどと言われるような会社になっていた。勿論アメリカからの鉄資源が入って来なくなったからで、そんな会社の変わりようを社長は久直にも率直に話していた。それどころか社長は改めて久直を捕まえ、平方さん、どうもこの戦争はどうも行く先が危ない。会社も鉄材不足で、そのうちたたまんならんことになるかもしれん。田舎にそんな良いところがあるなら、少ないが退職金も払えるうちに辞めてかえったらどうやとまで言ってくれていたのだ。色々面倒見てくれた社長でもあり、多少の苦労は辛棒しようと勤めていた久直だったが、その場でその言葉を受け容れた。社長は軍関係の者とも、仕事の上から親しい。戦争のことについては久直より詳しい筈だった。そんな社長がそんなことを言ってくれる。うまくいったらこちらで政代さんと暮らす夢もいつの間にか忘れて、帰心矢の如き気持ちで居た久直が喜んで帰り仕度にかからない筈はなかった。

八月七日、本校から、色々引き継ぎのこともあるから来て呉れという手紙が届けられた。久直は直ぐ本郷に向かった。暑い日だったが、自転車の体に木陰の風がきもち良かった。着くと七八人の職員が、やああんたが平方さんですかと快く迎えて呉れたが、何か様子がおかしい。何かあったんですかと尋ねると一人が、戸入には新聞が届かんからなといって今日の新聞を渡した。その通りで、久直も山に着いて新聞はとっていたが、その日には届かない旧聞とも言えるものだった。

見ると見出しに大きく、広島に新型爆弾と出ていた。読んでみるとその爆弾で、広島の街は跡片もなく焼け野原になってしまったという。

意見を聴こうと、職員たちの目が久直に集まっている。校長も久直をも見つめていた。満州から東京近くに移り住み、関からこちらに来た久直の方が、やや年長でもあり、世の中の様子を自分たちより知っているかもしれないという期待もあったか知れない。それともその久直に、これでは日本ももう駄目だという言葉でも言わせたかったのか。おそらくそうだろろう。しかしそんな言葉は、誰かが先に言わないと自分からは口にできない言葉だった。勿論、久直も黙って新聞を置いたまま動かなかった。

その二日後だった。久直が本校に行ってみるとその新型爆弾が、今度は長崎に落とされたというニュースだった。爆撃の様子も広島と全く同じ、そしてその伝え方には、今後の戦を広島の時より更に悲観的に伝えるものが感じられた。

そうなると、先生たちの言葉の調子にも、おだやかでないものが出はじめていた。

おお、こういうことになったら、いよいよ本土決戦じゃなあ！　その時にはしっかりせんと。そうなったら兵隊もわしらも区別はないで！　そんなことを言う者もいたが、はっきり肯く者はなかった。これで日本も終りだと言う者はさすがに居なかったが、わしらも兵隊と同じと言ったって、戦う道具もないではなあ……百姓衆なら鎌もナタもあるが……と、力なくという言葉には肯く者が多かった。かと言って、鎌やナタを持たされても、機関銃や鉄砲で向かってくる相手に勝てる訳がないなどと、話を盛り上げる様子などはさらにない。

敗戦

八月十五日。

ついに終戦が伝えられた。

ラジオの無い役場には、朝早く電話で伝えられた。今日の昼、天皇陛下がラジオでそれを伝えると言われても、この村ではラジオは無い。口から口へ伝え合うより他になかった。それでも戦争が終わったと伝えるのは良いが、敗けたとは伝えるなという注意はされた。

然し、村でそんな注意を今さら真に受ける者はいない。仏具を供出させられたり演習や訓練を受けたりする頃から、勝つか負けるかということでしか戦争を考えてこなかった者たちは、終わったと聞けば、やっぱり負けたかとしか思えなかった。

戦争に敗けると、アメリカ兵に好きなようにされるなどという脅しも、それは街のことで、こがいな山奥まで用も無いのにアメリカが入ってくることたないと、皆な思っていた。この先どうなるのかという心配をする者もいない。どう変るか、変わりようが無かろうというのが村人の思いだった。子どもたちも、浩介が、川で水浴びしている仲間に、おーい、日本は戦争に敗けたとー　と大声で知らせても、フウンと言って、そのまま水浴びを続けただけだった。

日直だ宿直だのと何かにつけて本校通いをしなくてはならなくなった久直にくらべ、政代さんは夏休みがあけても、何ひとつあわてることのない勤めだった。生徒達は、休みがあけると仲間と集まることができて歓こび、百姓仕事は穫り入れには早く、運動場は賑やかだった。それに休みの間に、街からの子ども達は増えていた。三年生に二人、四年生と六年生に一人ずつ。休み中に遊び馴んでいたせいもあるのか、賑やかになっただけで、教室の中には違和感もなかった。

久直に聞けば本校も同じようなことだと言う。

ただ、平方の家にとっては悲しい報せが届いた。久直の弟、正の戦死公報だった。玲子と操は、くらし馴んだ叔父ではなかったからそれ程になく見えたが、林平、サキ、久直にとっては、戦争も終わったことで正も帰って来くると楽しんでいた矢先だったから悲しみは大きかった。出征先は中部支那で、激戦を伝えられた所だから、少し覚悟していたものの、やはり林平はクソ戦争のお陰で命を取られたと今は平気で言って口惜しがった。実は正は、川口半平の家へ養子にやっていた男で、葬式は半平の所で行われたのだが、林平は、あの時川口の家へやりさえしなければこんなことにならなかったのにと、愚痴だらけの理屈にならない恨み言をも口にした。聞いていたサキはそれを咎めたが政代さんには、林平のやり場のない気持ちが分かる気がした。

正は、半平のすすめで県内郡上に在る凌霜塾という所に入り、この国は天皇を親とする家族国家とする国体思想というのを学んできた男で、殊に吉田松陰という人を尊敬していた。その一方熱心な浄土真宗信徒でもあって、平方家の仏壇の脇の壁には仏画の横に、親様に抱き上げられて御浄土へ南無阿弥陀仏でながの旅かな、と讃を入れた自作の軸が掛けられたりしていた。そして出征直前、川口・平方両家の山林田畑の絵地図と目録を美濃紙に描き遺して征った。また塾から村に帰ると友人たちを川口の二階に集め、硬軟織り混ぜての談論風発、当時の理想を追う快青年の象徴といって良く、青年会長も出征するまで勤めて、半平はもとより林平にもサキにも、自慢の息子だった。あれには、わしも負けたと政代さんに久直も語っていた。そして、後から日本の軍隊がずい分乱れていたことを知った時、正も惨めな目にあって死んでいったんじゃなかろうかと呟いたのも久直だった。正の純粋な国体思想が、軍隊の実体とずい分違っていたことに、心を痛めたからだった。

正の葬儀があった日、半平から、久直と政代さんは意外なことを聞かされた。来年四月にもわしは岐阜を引き揚げる。戦時中、受け持っていた生徒達に、どんなことを言い続けてきたかということをふり返ると、もう教育関係の仕事は続けられないという理由だった。聞かされて、久直は自分を恥じた。戦争が終わって良かった、これでほっとした、勝って終わるよりむしろ敗けて終わったほうが良かったという者もいるらしいが、自分も同じだ。自分に都合の良いことばかり考えていたことが恥ずかしかった。それに本校への就職が決まった時の家中での喜び様。今、こうして敗けて自分に都合の良いことばかり考えているが、中国であそこを占領したとか、南の島のあそこを落としたとか言って、提灯行列した時には、たしかにこの戦争は勝つまで続けなくてはならない、お前たちも立派な兵隊さんになるんだと、自分も子どもたちに言いきかせてきた。半平の反省の言葉に恥ずかしかった。あの子ども達は、あの時の自分を、どんな気持ちで想い出しているのか。そう考えると、この先平気な顔して教師を勤めてはいけないような気持ちになってくる。戦争のことばかりではない。教室にはまだ、この国は神様が造った国で、その神様を先祖に持っているのが天皇陛下で、私たち国民はその子どもであるから、神の子どもだと教えた大ぶりの掛け軸教材が残っていた。あれも、こんなことは嘘っぱちのことだったと子ども達に言って、そのうちどこかへ片付けてしまわなくてはいけないだろう。否、片付けるのではなく、破り捨てなくてはいけないだろう。その時が近いうちにくる。その時子どもの前でどんな顔していられるか。半平の言葉は、久直の心も政代さんの心をも、その晩、掴まえてはなさなかった。

これからの勤めは自分達にとって仲々難しいことだと考え始めたのは、半平の言葉からばかりではなかった。本校の職員会議で、やがて民主主義教育という言葉が話題になり始め、その中で自由という言葉を考え合った時からも悩みは始まった。職員会議には政代さんも出る。それまで、職員会議というものも無かった。あっても、校長が必要とする時に職員を集めて、職員にやってもらいたいことを説明する場で、相談する場ではなかった。これからは民主教育ということが大事で、これはアメリカ軍もそう言ってきている。その中でも大事なことは、生徒の自由を護ることだという。校長も、ああせよこうせよと言わず、何事も職員皆んなで考え相談し合えという。勿論、言うことは自由で、相談の後どうしたらいいかは、多数決で決める。多数決という言葉もまた初めての言葉だった。さあこれを、子ども達を前にした時、どんなふうに実行したらいいのか、すらすら分かる筈もなかった。第一、自分自身、そんなことをした憶えがないのだった。急にそんなことを言われてもというのが実感だった。

そうしたら、九月も終わりの頃、久直達が悩んでいたことが、文部省から通達されてきた。急に新しい教科書を作ることも配ることもできない。今まで使っていたものの中にあの戦争を良しとする内容の所があれば、そこに全部墨を塗って生徒の目から隠せというものだった。そんなことを言われたら、特に国語の教科書などは、ひょっとしたら全部黒くしなくてはならない。第一、その墨を誰に塗らせるのか、生徒にやらせよという。その時教師はどんな顔をしてどんな言葉を使うのかといえば、そこを考えるのが教師で、それによって新教育ができるのだ……聞いていた先生のひとりが、思わず、お役人様はええなあと、これまで口にできなかったことを言うと、聞いた校長も、その通り！　と言って笑い合った。

ところが話は、笑っていられるばかりにいかなかった。東京では、アメリカのGHQとかいうところが、戦争の指導者達を三十九人逮捕した、今度の文部省の言うことをしっかり守らない者はそのうち捕まるなどということまで伝わってきた。

それから先生たちは、生徒にどんな顔をしてなどと言っていられない慌て方で、職員室や倉庫にあったそれらしい教材を、夜中に運動場に集め火をつけた。

そんなこんなで、教師たちはあわただしかったが、村の中は静かだった。ムラには一日遅れの新聞など手にとって見ようとする者もおらず、久直だけが一応新しいことを知ってはいたが、耳に入れてもロクでもないことばっかりじゃ、わざわざ知らせんならんことは何もないと言って、新聞で知ったことを林平やサキにもあまり話さなかった、政代さんにも口止めすることが多かった。わしらにも、ほっこり分からんことを教えても、めんどうなばかりというのが理由だった。それに、戦争中、教育の要職にあった半平のことも気になった。

実りの秋

野山に実りの季節がやって来た。ヤマボウシの実、コクワ、ズウメ、アケビ、山イチゴ。子ども達にとってはまさに天国が訪れたような季節。加えてクリ。山中に分け入っての栗拾いは、遊びというよりむしろ大人と肩をならべる程のシゴトだった。政代さんも玲子、浩介、和江と、裏山へ入る。拾った山栗を三人でむいて栗飯を作り、百姓仕事から帰ったサキや操を喜ばせた。このころの山は涼しく苦手の蛇も少なかった。子どもたちの学校での話題も、どこそこの山でアケビをどれだけとったの、きのう栗を二升拾った、いらは三升拾ったなどの話で溢れた。そこでは、経験の少ない疎開の子達は静かだった。もちろん街からのおとなたちは、乏しい食料の足しにとムラの者に従いて懸命になっていた。ムラのおとなたちはホウソというどんぐりを拾うのにも力を入れた。ホウソは臼でついて、団子にして主な代用食になった。

ヤマボウシ、コクワ、アケビは、甘い物に飢えている山の子達には、この季節でこそ口にできる甘味料だった。なかでもコクワの実は、年じゅう口に記憶されるような味で、子ども達を幸せにした。ところが街の子の中には砂糖の甘味に馴れてか、こうしたものをそれほど喜ばない。村の子たちはそれを不思議がった。

この季節には百姓仕事も最後の山場。稲刈り、サツマイモ、サトイモの獲り入れ。子どもたちは、特にその運び役に使われた。高学年の子たちは、稲束を何把負いねることができるとか、昨日はイモ負うねをさせられて腰が痛いとか、その作業でどれだけ家の役に立っているかを自慢気に話し合っていた。

稲刈りは、雨天ではできず、脱穀も同様。とにかく収穫の仕事は殆ど天候に支配される。ところが、秋の空ほど変わり易いものはない。その上何かにつけ力仕事が多かった。日も短い。そのあわただしさを。村では結いという労働交換で補った。隣りどうしでするのが多かったが、相手の家の仕事に二日行くと、次に相手の家から二日きてもらう。ところが平方の家はサキひとりの労働力なのでそれができない、それを親しい仲の情けひとつに頼って切り抜けてきた。然し今年は、操が加わって楽になったとサキは喜んだ。言い忘れていたが、サキはこれまで、半平が街へ出た後の実家の管理も、ひとりでやってきたのだった。勿論田畑の管理も入る。人に貸してのことだったが、借り手が無いと自分で耕やして植えつけもしてきた。夫の林平が協力的だったかというと逆で、その苦労を平方の増産に使えば良いのにと愚痴を言われた。そのことをサキは、こんなふうに言って喜んで政代さんを驚かせた。ああこの戦争が負けて終わって良かった！　これがもし勝って終わっとったら半平は戻らず、わしの苦労はこのまんま。わしにしたら、アメリカ様さまじゃ。

平方の家も、田は美濃股と笠原という谷は別の、家から山あいを縫って三十分は掛かる所に在った。それぞれにハサという稲の干し場を造って脱穀も別。脱穀した籾は大きなかますに詰めて家に運び付けるのだが、これがひとかたならず重い。男手の欲しい仕事だった。ところがそれを操がして、村の者をも驚かせた。勿論操ひとりで片が付く話でなくこれまで頼んできた男たちにも助けられはしたが、山連れの者たちから、良い者が戻って来て良かったなあ、おサキ！　と祝福されると、ほんと、陰で掌を合わせとるのよと、サキは笑って答えた。実に操は、春先から秋の終わりまで、サキにとって有り難い助っ人になって呉れたのだった。その点久直が帰ってからも、家の中での操の重さは変わらなかった。背負い板をブリブリいわせながら前かがみに籾がますを運ぶ姿は、まさにこの家の主力の姿だった。家中の者が認めるより他なかった。そのためか、操の政代さんへの頑なさは、あまり治らなかった。あれはああいう性分で、母親の血を継いだのだろうと、死んだ妻の名を出して、久直もさじを投げているような面もあった。

それでも山の秋は、政代さんを大いに慰めるところがあった。降雪や山が急峻なせいもあって、杉や檜が少なく、広葉樹が多い。その黄葉が錦秋の名の通り辺りを染めて、その鮮やかさは政代さんを驚かせた。またその眺めを久直と共に楽しむことのできることも、政代さんの幸せを倍にした。政代さんはそれを神に感謝し、戦争が終わったお陰と喜んだ。稗《ひえ》だくさんのご飯でも新米はおいしく、久直と浩介が裏山にもぐりこんで掘ってくる山芋のとろろは格別だった。それにサキや林平の友人達が差し入れて呉れる舞茸や茸が食膳をにぎわせて呉れる。初めちょっと腰が引けたが、蜂の仔など、手を出してみると意外な味がして、嫌ではなかった。

各務原市の日本の軍事基地のあとへ、アメリカ軍が入ったと聞いたのは十月になってからだった。日本が敗けるとアメリカ軍が入って乱暴をはたらく、そのうちこの村にもと、一時ざわつく者も無いではなかったが、どうやらそれも無さそうで、村の者は一応ほっとしていた。以後アメリカ軍のことをシンチュウグンという耳馴れない言葉で呼ぶようになったが、そのシンチュウグンが村に入ってくるなどということは一切無かった。

その代わり、政代さんにとっては夢を見るような嬉しい話がこの月新聞に載ってきた。それは進駐軍が日本の政府に、政治の自由は勿論、人権の自由と信教の自由を守るように求めてきたという話だった。政治や人権の自由はともかく、その中の信教の自由というのは、政代さんにとって何よりの自由だった。満州時代に洗礼を受けて以来クリスチャンを通してきた政代さんには、敵性国の宗教として肩身のせまい思いをさせられてきた想いの上に、この村、そしてこの家もゴチゴチの浄土真宗という仏教信者に囲まれていたのだ。中でもサキの信仰心は横から口出しなどできない程の熱烈さで、傍らでクリスチャンを名乗っていることには、さすがに心苦しい想いをさせられていたのだ。

勿論これまで、宗教のことでサキと対立したことは無い。そのことを心配して、久直は政代さんがクリスチャンであることを千葉に居た頃からサキにも知らせていた。然しその為、サキはむしろキリスト教に興味をもったふうで、政代さんの言動をクリスチャンの言動として捕らえ、陰ではこんな批評さえしていた。キリスト教ってのは偉いもんじゃ。とてもわしらが真似のできるこっちゃあない、あれだけの者はこのムラには誰ひとり居らん……。勿論サキの言うことを殆んど受け入れて、諍うことをしない政代さんのせいもあった。そう言うサキは、また、何かと、村の者たちの悪い噂を口にし、あられもなく毒づいて、政代さんをあきれさせたりしていた。ムラの中もまた、親子喧嘩夫婦喧嘩の噂が絶えず、土地の境界争い等も入れて絶えず賑やかで、これが朝夕経をあげ、仏教行事ともなると仏前に真面目な顔で南無阿弥陀仏を唱える者達とは想像できない有様だった。

問わず語りの中でサキの言う宗旨を聴いてみると、宗祖の親鸞という人は、人間は皆な身内に悪性を備えている。その人間を隔てなく浄土へ導いて呉れようとしているのが阿弥陀仏なのだから、特に善人になろうとして苦しまなくても良い。ただそんな自分を救ってくれることに日々感謝をして念仏を唱えることだと説いているのだそうだ。

聞いた限りでは、悪人になると地獄に堕ちるぞという戒めが全く無いように見える。だから、サキも含めてこの村の人たちがそうなのかと政代さんはつい思ってしまうのだった。

キリスト教では悪を戒める。仕方ないことだといって許しはしない。悪に陥らないよう日々注意しなくてはならない。どうも親鸞という人の言うこととは違うようだ……。それでも政代さんはサキに逆らわなかった。また、簡単には逆らえない気もした。

そしてやってくる仏教行事には、嫁としての努めも感じながら、すすんで手伝いをした。数珠も掌にした。さすがに南無阿弥陀佛を口にすることはなかったが、合掌して頭も下げた。そうした政代さんの姿に、村の者達は、さすがに先生だけのことはある。キリスト教じゃっていうが偉いもんじゃと言って感心した。が、やっぱり政代さんの心の中は楽でなかった。周わりを気にしながら天なる神に詫びたりもしていた。

政府に進駐軍が言ったことを聞いて、口にできなくても、戦争に敗けたお陰で、これからは堂々とクリスチャンとして村でもくらしていける、それを村の人達も許して呉れるのではないかと思うと、やっぱりこの戦争はサキの言うように敗けて終わって良かったと思った。

然し、そんな気持ちを久直に話すと、彼は、宗教というものはそんな簡単なものではない、お前がキリスト教を信じているのと同じ強い気持ちでサキもムラの者も、長く先祖代々仏教を信じてきた。進駐軍が何を言ったからって、この村の者が信心を薄めるようなことは決してないだろうと言っていた。

政代さんは、期待を捨てることはできなかった。この敗戦は、やはり自分への、神からの贈りものと考えた。或いは神の与えた自分への試練かもしれないとも思った。かといってサキと争いたいとは思わない。ムラをクリスチャンの世界にしようとも思わない。政代さんは、自分が人と争うことのできない性格であることも十分知っていたし、その為に神の心に添うことも或る程度できてきたとも思ってきた。サキと争わず、ムラとも争わない。

思い付いたのは、学校だった。子どもたちだった。彼らを少しでも神の世界に誘うことができたらと、始めたのは、音楽の時間と図画の時間からだった。幸い、神さまという言葉には日頃子どもたちも馴れていた。学校の傍には神社が在り、その祭りも楽しむし、親たちも神への信仰は厚い。何か、スキをねらうようで気も引けたが、何より神のこころを伝えることが大事だと思った。

神さまは軒の小雀まで　お優しくいつも愛し給う。小さなものにも　お恵みある。

神さま　わたしを愛し給う……

賛美歌にも解り易いのが沢山あった。森の神社の神も天なる神も同じとすればいい。こうして十二月のクリスマスまで進めていこう。文部省唱歌や日本の童謡も間に入れながら。図画の時間には、思いきってキリストの生誕話を紙芝居に作らせてみたりした。

然し進駐軍がすすめる自由ということは、政代さん達教師にとって簡単に進められることばかりでもなかった。それを民主主義という言葉で進めるよう言われるのだったが、久直も政代さんも、否同僚の教師皆んなが、これまで、教師の言うことに生徒は文句を言わずに総て従えという中で勤めてきた。それなのに生徒は自治会というものを学校の中に作って、そこで決められた意見には、教師も従わなければならないという。職員会議でそれが伝えられると、教師たちはぽかんとし、その後で大騒ぎになった。だいたい、生徒の言うことを教師がきかなくてはならないなど、これまで聞いたこともない。子どもが決めることに、まともなことがある筈もない。子どもが親の言うことも先生の言うことも聴かんようになってしまったらどうするのか。子どもみたいなものに、ろくなことができる筈がない。それはわしらがいちばんよう知っとる等々……聴いてみれば、尤もなことだと、政代さんも思った。唯久直だけは、半平の友人で親しくしていた野村芳兵衛という人が、戦時中も、今の教育は、先生が子どもの言うことを信用しとらんところが良くないと時々言っていたのを思い出していたから、少しだけ皆なと違ってはいたが、だからといってそれに反論するだけの理屈は持っていなかった。

とにかく進駐軍のいう民主主義教育は、久直にも政代さんにも頭がこんがらがって、楽なものではなかった。その第一は、やはり、これまで自分たちが生徒に言い聴かせてきたことと、これからしようとすることが、まるで逆に思われて仕方ないからだった。村の中にはもう既に子どもたちの口から自由勝手の民主主義などという言葉が、反抗的に使われて困っていると聞けば尚更だった。漸く二人には、あの半平叔父がそれまでの職を辞して山に帰る気持ちが分かる気がした。

　十一月に入って、半平夫婦が帰ってきた。浩介もそれまでキク婆さんの所へ寄り、甘えたり、時には川口に泊まったりもしていたのだったが、これからは泊まったりするなとサキに言われた。半平が帰る前から、何故かサキは半平の妻と仲が悪く人前でも平気で悪く言っていたから、理由も分からないではなったが浩介にはそれが婆さんとの別れになるような気がして淋しかった。それまで浩介は半平夫妻には、半平が夏が来る度に帰って来ると、オジちゃんオバちゃんと懐いて、二人にも可愛いがられていた。伯父はかならず、クレオンや塗り絵を買ってきてくれる。描いてあるリンゴやバナナも見たことがない浩介が、オジちゃんリンゴは何色に塗るんじゃときくと、半平は愛おし気に浩介の頭をなでて、リンゴは赤よと教えてくれたりした。

　半平が帰って暫くすると、久直と政代さんを驚かせる話が入ってきた。間もなく進駐軍が、それまで日本の要職にあった者たちを細かく調べ上げて、戦争犯罪人にするのだという。わしらが軍部の言うことを聴いて、子どもにもそのまま教えてきたのも確かなことじゃから無理もないがなと、半平は笑っていた。

　岐阜では今大変な食料不足で、特に子どもたちが哀れだという。比べて、ここの子どもたちは、粗末とはいえ、ものが腹いっぱい食えるだけでも幸せ。親きょうだいを空襲で失った子どもたちのこと。……それもこれもみんな、自分たちが教壇の上から犯してきた罪のせいだと、半平は加えた。空襲の跡の子どもたちを目に浮かべる半平と、戦争などあったのかと思わんばかりの村の子たちの中に居て、そこまで想いもしなかった政代さんたちとの違いを感じて、政代さんは恥じた。

十一月も末近くなると、辺りにうっすら雪が降るようになった。サキは、しいしとねやら何やらおかしい程重ね着をして、そのくせ肩が凝って仕方ないと言い、それを玲子や操にそんなの当り前じゃないのと嗤われたりしていた。

ヤヒチさの誉める扇山に初雪が来た。手前の山には霜が降っただけだったが、それが消えると美事に初冠雪の扇山が文字通りの白扇を灰色の空に浮き上がらせた。政代さんが見惚れていると久直が、美しいなとひとこと言って通り過ぎた。両脇の山にはまだ散り残った紅葉が所々に残っていた。

報恩講

村には最後の年間大行事が残っていた。宗祖親鸞の命日に因んでの報恩講だった。かみ・なか・しもの三組に分かれるこの村では、ひと組二軒の当番を出して、この行事に当たらせる。仕事は各戸から二本ずつの薪と大根二本、味噌ひと杓子にもらえるだけの辛唐がらしを集めて、前の晩徹夜して大はたそりで大根汁を炊くのだった。親鸞の命日は十二月二十八日だったが、豪雪地なので、坊さんの都合から、取り越して行なってきた。日をおとりこしと決めた。炊き上げた大根汁は、志だけ集めたといっても六十戸余りの家から集めた唐がらしを全部鍋に入れるので、その辛さといったらない。報恩講の読経が終わると、家族で輪を作って大根汁だけの会食をする。腹を空かしていた子がそれをいきなり口に入れてギャーと悲鳴をあげてあちこちで笑いの渦を作った。この日の当番は忙しい。大はたそりからバケツに汁を移して給仕をする。各戸殆どの者が、これに一杯たのむといって炊き場に置いていくどんぶりや小鍋に汁を盛っておかなくてはならない。あそこの者はこがいないかい容れ物を持ってきて欲なこっちゃなあと嘆くと、そがいなことを言うな、あれも大家内でえらいんじゃでと傍の者がとりなした。事実持って帰ったその大根汁で三日もおかずの仕度をしなくて済むと、これが年じゅう続いたら嫁はラクじゃがなあと笑い合う者もいた。

当然、政代さんも加わった。当日はどこでも混ぜものの無いご飯を鍋いっぱいに炊いて、それをそれぞれの茶碗に山盛りにして、木の椀でふたをする、木の椀はそれに大根汁をよそい、帰りにはそれに汁を盛って貰って帰った。行きにはサキ、政代さん、玲子、操、浩介、和江とそれぞれの分を、木の丸盆に載せて風呂敷で包むのだが、さげてみるとけっこうな重さだった。林平のはべっとう箱という取っ手の付いたそれ用の木の箱がある。久直は学校へ行って居なかった。サキは他に汁を貰って帰る為のどんぶりを持った。後からついて来ながら、この家もめったにない大家内になって！と嬉しそうに言っていた。道場に着くと、人いきれで寒さはない。マサユキさの家族が、先生、ここここ！　と呼んで呉れて座を取ることができた。この間は御主人にずい分苦労をおかけしました。なんのなんの、それどこかえらい大義をしてもらって……政代さんは、もう村の者と同じになっている。それを嬉しそうにサキが見ていた。でもそれに続けて、玲ちゃんもみいちゃんも立派な娘さんに育てて貰ってと礼に近いことを言われた時には、政代さんも少しとまどった。そうだ、この村の人たちは皆んな玲子たちのことも浩介とのことも知っている。唯の、他人事とは思っていない。マサユキさやヤヒチさはどこかと探すと、二人共別の所に座を取って、例のべっとう箱を脇に話しこんでいた。林平もその傍に居る。やがて強く大根汁の匂いが堂内に満ちて、子どもたちの声も入ったざわめきと共に、食事が始まり、あちこちで、辛らさに驚く幼児たちの悲鳴と笑いが起こった。大根汁の匂いは、明け方から小さな山あいの村を包んでいた。

この行事は、政代さんにムラの人間と信仰のつながりを教えてくれた。山を越えてやって来た僧の高い声での読経が流れ、それが終ると、親鸞の手に成る正信偈という経に移って、それに堂内の者総てが唱和する。驚いたことに平生腕白な生徒たちがそれに声を立てて唱和している。浩介も例外でなかった。キーミョウムーリョウジュウニョーライ……。帰命無量寿如来と書いて、永遠の生命を持つ如来仏に総てを任せるという意味なのだそうだが。一糸乱れることのない唱和の声は、政代さんの心に驚きと深い感動を与えた。久直が、この先進駐軍が何と言ってこようが、この村の者の信心は動かないと言った言葉が思い出された。堂内に満ちるその声には、人間の起こす悪事や正義などには一切関係無く、唯自分を救って呉れる仏だけは信じて生きるのだとする、頑強な信心がこもっているように思われた。ああ、この人たちにはかなわないという気持ちがした。

逆にまた自分の中で、こんな中でなら少々キリストのことを子どもたちに語っても、ムラはビクともしないだろうという思いがして、安心に似た気持ちになるのも不思議だった。

根雪

これは根雪になるなァと政代さんの横で久直がつぶやいた。階下での夕食後今夜は冷えるから早目に寝ようと、二階に上がり、ガラス窓越しに降り積もる雪を見ていたのだった。雪のせいか部屋の中はほのかに明るい。和江は二人をおいて、やぐら炬燵の床にもぐりこんでいる、降る雪にさえぎられて扇山は見えなかった。

ねえあなた、わたし今年はクリスマスさせて貰いたいなって思ってるんだけど……思いがけないことを言い出されたふうで、え？　と久直は言った。よし、寒いからそういう話は床の中でしょう。

床の中でまとまった話はこうだった。

よし、まずわしがおっ母に話す。そうして、場所は学校の教室ってことで、それならおっ母も承知しるじゃろう。

翌日、話はその通りに決まった。その日、サキの方から政代さんにこんなふうに切り出された。あのなあ政代、わしはキリスト教をちっとも憎んじゃおらんのよ。憎むどころか、とくにあんたの言うこと、しることを見とって、立派な宗旨じゃと思っとる。それでも、これも業のうちで、久直や浩介にゃキリスト教になってえとうはないがなあ。もうサキは自分の宗旨と政代さんの宗旨の両立を考えていた。

　こんな話がサキから切り出されるとは思いもしなかった。政代さんは嬉しかった。

そんな流れのうちに、クリスマスを学校ですることが決まったのだった。

　久直の言ったように、雪はそのまま根雪になった。冬中の食べ物づくりに、これから忙しい正月を迎える為に、すしを漬ける。すしはなれ鮨で、使う魚は身欠きニシンと塩サバ。ニシンは水で戻し、サバは流水で十分に塩抜きをし、それを突き大根と麹で漬ける。正月をここでは旧正月で祝う。それまでの寒い中で長く漬けられたなれ鮨は格別美味で、正月の御馳走はこれと餅に限るという。細かな指導を受けながら政代さんもサキを手伝った。鮨だけではない。大根も漬ける。白菜も漬ける。白菜などは差しわたし一米余の大樽に漬けて翌年の正月近くまで食べた。味噌造りもこの頃にする。はたそりで終日かけて豆を煮て、翌日塩を加えて臼で搗く。それを両手で丸くまるめてワラしべで巻き、囲炉裏の上に吊るして乾燥させるのだ。時を経てこれを臼で搗き砕き味噌にする。そこから溜まりも採る。これらの仕事も仲々楽ではなかったが、生まれて初めてのことばかりの仕事に政代さんは目を見張りながら手伝った。林平は囲炉裏端でワラ仕事に精をだしている。彼は、太竿の三味線を持っていて、それを仕事の傍に置いて時々弾く。面白いのは、仲の良くない二人なのにサキが、お父っさ、ワジマをひけというと、返事もせずに、素直に応じて、ワジマを弾いた。政代さんはその様子の中に、二人の絆を見る。三味線は余り上手に聞こえないと思ったら、所々糸が切れていて、結びこぶがあるからだった。久直に言って新しい糸を買ってもらおう……。

冬に入ると、操はあちこちの友人の家へ行って、若い衆たちと遊んでいた。時々、あそこの家で臼ひきを手伝ってきたなど言うこともあった。玲子も同じように出かけたが必ずしも行先はが同じではないようだった。それに政代さんの教室のことを手伝っていたりして、操のようにヒマも多くはない。

久直は雪の為に自転車通いは無理で、本郷で下宿ぐらしを始めている。下宿先は、昔の教え子の家で、気兼ねも少なくて済んでいた。その家は大きく、村の診療所も兼ねていて、医者も同居していた。久直は土曜日には帰ってきて、その度にイワシのへしこ漬けを買ってきては浩介や和江を喜ばせた。

学校では、戦争中とは全く逆のこととか、思いもよらなかったことが上のほうから下りてきて職員達をあわてさせていたが、それを嗤い話のねたにしても昔のように縛られていくような心配もなかろうと割合明るかった。

政代さんの方も、順調だった。ただサキの話で、この間悪がきが二階の窓際に干してあるサツマ芋の切り干しをひとつる呉りょ、呉れんとあのガラスに石をぶつけるが良いかと言った。やらんこともないが、学校でそがいなことをして怒られんのかと聞いたら、ババはまんだジユウカッテの民主主義ってことを知らんのか、先生といっしょにおるくせにと言われたという。いったいどういうことになっとるんじゃときかれた時には、少々言葉に詰まった。

確かに戦争中は、自由勝手など許されなかった。だから自由勝手ができるということは幸せのひとつだとおもわないでもない。それでもそれぞれがそれを始めたら、仲間ぐらしというものはできなくなる。サキと子どもたちの喰い違いをどうつくろっていくか……。

クリスマスの夜は雪だった。政代さんがプレゼントを作ろうと苦心していると、サキが覗いて、雪が降るのに御苦労じゃなァ、クリスマスはこの家でしてもよいよ、わしらは寝床に入っとるでと言ってくれたが、ありがとう、あそこならオルガンもあるし、広いですからと言って遠慮した。夕食が終わると、用意した干し柿やイモの切り干し、栗などを持って皆なで隣の校舎に向かった。雪は踏みつけた路の横に四十センチ余り積もっていた。キクは厚い綿入れに包まれて久直が抱いた。

子ども達といっしょに居る時はそれ程でなかった教室もすっかり冷えきって寒い。それでもランプとロウソク三本の灯の中で、机や腰かけを動かし、大火鉢に炭火をおこすと少しずつ中が温まってきた。間じゅう、キクは久直の腕の中で静かにしている。それを浩介が時々覗きにくる。外は降り止まない雪がガラス越しに見える。教室にはカーテンがなかった。

子どもの机を四つ並べて、干し柿やクリなどを並べ、周わりに家族七人が、小さな腰かけに座わった。傍に引っ張ってきたオルガンを前に、政代さんが、これからイエスさまのお誕生を祝いますと挨拶すると皆な神妙な顔つきになった。キクがキャキャッと声を立てると、浩介が、これ、静かにしにゃあかんがと言って皆んなを笑わす。馴れた手つきのオルガンの音、政代さんと玲子のソプラノ。政代さんに導かれて幾つもの賛美歌が唄われた。操の声はあまり立たず、浩介も途中で調子外れの声を立てるだけだった。

机の上の落花生など齧りながら、それぞれにあった今年一年でいちばん嬉しかったことなど語らせられたり、余興もさせられた。玲子や操は流行歌を披露、浩介も流行歌をやりたかったが止められて賛美歌のもろ人こぞりてにした。文の中のしゅはきませりのところをいつも遊び仲間と唄うように、シュワラキマセリと唄って大喰いを喰った。

　そうしているうち、久直が、ちいと寒む気がしてきたと言いだして、クリスマスは終わった。賛美歌で締め、政代さんは良いクリスマスだったと思いながらも、何故か来年もまたという気持ちが湧いてこないのが少しさびしかった。

（旧）正月

村は正月を旧暦で祝った。二月初めの大寒の中、雪は高く積もって屋根を重くし、家をきしませ、建てて間がないのに部屋の間のたてつけを悪くした。林平とサキの話ではこの年の雪は特に多い方だと言ったが、家のきしみに不安がる政代さんに、林平は家はきしんで音を立てるぐらいの方が折れたり割れたりせんからいいのだと教えて安心させた。そんな中での正月だった。暮れのうちに、餅も搗いてある、豆腐も作ってある。漬けてあったなれ鮨も雪をかむった桶から揚げて昨日のうちに味見もした。一月の新正月から一ヶ月余りを、雑煮と鮨で賑わいながら家族八人笑顔を揃えた、考えてみるとこの家にかって無い正月だった。すると雪深いこんな朝早く入り口の戸越しにトントンと脚の雪を払う音がして子どもの声がした。ほれ、はァ年とうが来たど。サキが政代さんを促した。村では、子ども達がそれぞれ切り餅や丸餅の大小を持って先生の所へ年頭の挨拶に来る慣わしになっていた。高学年の子は深い雪の中でも先着を争ってやって来た。サキに教えられていたから、政代さんも返しに鉛筆とノートを用意し、四時起きで待ち受けていた。一番乗りは、ここから結構遠いヨシタだった。

あれ、こんなに雪を付けて、大変だったでしょう。ハイ、おめでとう、今年もよろしくネ。お家のかたにもよろしく言ってね。入って来た時の、アケマシテシンネンオメデトウゴザイマッスの元気に似合わず、政代さんの挨拶に照れた顔を赤くしてヨシタはうつ向いて肯いていた。抱きしめてやりたいほど政代さんには可愛いかったが、そんな間もなくノブタがセンセイオメデトウゴザイマッス！　と言って入ってきた。ジユウカッテノミンシュシュギでサキを驚かせた子だった。

　これから今日一日、あれらはヨイハルまわりょとサキが教えてくれる。首に袋を下げて、親類の家にオバ良い春にきたと声をかけて回り、家毎に袋へ落花生や干し柿、数珠栗などを入れてもらうのだ。年頭まわりは子ども達だけに限らない。家の旦那衆もお互いに良い春じゃなァと挨拶して訪ねまわり、酒と鮨と雑煮で祝い合うのを常としていた。ただ、元旦の日だけは、女性は初来訪が嫌われるので、玲子と操と和江は外出禁止令でも喰ったかのようだった。浩介だけが川口とたづ子の家へよいはるに出かけた。村では宮参りをするにも、女が鳥居から本社の方へ入ることを禁じていたし、政代さんには十分理解できず、意気揚々と出かける浩介のあとに、とり残された和江の姿が哀れだった。

　林平は何故かどこへ出かけるふうも見せなっかたが、林平を好く男らが三人ばかり来て酒を飲んで帰っていった。久直は、明日叔父さんのところへでも行ってみようかなとつぶやいたきりで、どこへも出かけない。あそこへいくのはよいが、途中で人に出会うのが嫌いでなァ……とぼやきながら動かないのが久直だった。

村をあとに

政代さんが、岐阜の叔父半平の家を、生まれて初めての雪装束に身を固め、幼い和江と共にこの山の家に着いてから、一年の月日が過ぎていた。

この後、浩介と和江が、それぞれ中学と小学校を終えるまでの七年を、政代さんはこの一年と大差の無い、或る時にはそれより想像を越える体験をさせられながら、ここでの暮らしを続けることになる。

実はこの間に、天からの贈りものとされていたキクが病死している。二歳に満たない命だった。周わりに赤く秋海棠の咲き乱れる、明るい季節だった。浩介は異状な泣き声をあげ、小さな木箱に納められたキクの横へ秋海棠の花を詰めていた。政代さんの心には、仏壇の前で、林平の読経ひとつで天に送られた哀れな我が子の姿が深く残った。

彼女にとっては、文字通り未曾有の体験に満ちた、苦と楽の日々だったが、やはり胸中に残る大きな苦といえば、この小さな魂を仏教で送るしかなかったこのできごとだったのではないか。

従って、浩介の高校進学を機にこのムラを離れる方針を久直との間で決めた時には、将にあの賛美歌で唄う、くろがねの扉打ちくだきて、とりこを放てる主は来ませりの心境だったと思う。政代さんが当初試みた、生徒たちへの布教まがいの試みも、サキから、政代、わりゃ子どもにキリスト教を教えとるってムラの者が言うが、まあおけよと、言われたこともあってで止めていた。以後、仏教行事にはより積極的に尽してきた。それは、サキや林平への追従からだけではなく、これで家中の平和が増し、久直への愛にもなればと思い、それは神への申し開きにもなろうと考えたからであったが。

このムラ、言いかえるならこの家から離れようという決心を育てたのは、政代さんが主体ではなかった。主体は久直だった。彼は満州時代から、小川未明、浜田ひろすけ等に親しみ、特に当時文部省に在った石森延男に可愛がられたりして、子どもの読み物を書くことに情熱を燃やしていた。その著作も数点ある。今一度花を咲かせたいという一念からの脱れ難い気持ちを、敗戦直後から世の中が持ち直してくるにつれふくらませていて、それで徐々に、林平とサキの気持ちを村を出る方に引き寄せていたのだった。それが、どんなに林平とサキを悲しませることか、分かっている政代さんだったが、やはり、くろがねの扉の開かれる悦びには勝てなかった。

ただ、林平はともかく、サキはそれを悲しみはしても、全く反対はしなかった。それは世の中が落ち着くにつれて、やはりこの山奥で、浩介を高校にも進ませず学問もさせず、百姓仕事をさせて終らせることは、将来の為にならないと久直に言われると、いやが上にも、賛成するより他なかった。お前らの言うことは分かったが、その代わり浩介だけはちゃんとここへ戻って来てこの家を継がせるがいに、お前からも言いきかせてくりょよ！　と言って妥協するより他なかった。

然し総てがうまく進みそうな中で、政代さんの心にかかることが一つあった。それは、このころ既に結婚していた次女の操のことだった。心にかかったのは久直も同じだった。嫁ぐ話の出たのは、昭和二十三年の頃だった。それを二十歳にも届かず、気も進まない操に、サキや林平といっしょになって説得にまわったのは久直だった。その理屈がこうだった。あそこへ嫁に行っとけば、少なくとも食うには困らん……。嫁ぎ先は、ムラ内でも田圃の多いことで指折りの家だった。政代さんは操の肩をもって、久直に反対を説いたが、容れられなかった。結局二人は一緒にさせられたものの、やはり結果は幸せなものにならなかった。一緒になって一年にも満たないうちから、やれ操が味噌汁をぶっかけられた、人の寄った中で殴られたなどという噂が届いてくる始末。殴られて泣いて戻った操に、中学生の浩介が、ねェちゃん、あがいとこへ戻ったりしずにこのまんまこの家に残れ。長男のいらが言うんじゃで反対しる者はおらん！　と泣いて説いたこともある。

　そんな操を独り置いて、この村から両親きょうだい揃って街に出てしまう、泣いて帰る所も無くなるようなことをして良いのかという気持ちが、政代さんを責めた。嫁ぎ去るまで操と十分心を通わせたという自信の無かった政代さんには増して辛かった。

　そうした操のこと、サキたちへの思いを久直に言うと、彼は、それもこれも運命、何もかも気の済むようにはいかんと言って口をつぐんだ。考えてみれば、皆な彼の主導によって起きていることで、それ以上言えば彼ひとりを責めることになるだけ。政代さんは黙った。

　それから十年余のことにもなろうか、あろうことかその操は五月の田圃の水見回わりの帰り、自転車で道路下りの川へ転落、急死してしまった。馴れない自転車で急坂を下る途中石で弾んで六メートル余り下の川岸に堕ちて首を骨折、即死だった。政代さんや玲子はもとより、久直に至っては辺りかまわず号泣した。

岐阜で

後ろ髪を引かれる想いはあっても、いざ山を離れる時には、時が経つにつれ心が弾むのを抑えることは難しかった。弾む想いは、やはり自由に教会に通えることから出ていた。牧師の家には未だ戦災孤児が、高校生になって暮らしていた。久直は半平の世話で教育研究所という所に勤め、所詮そこは東京行きのステップぐらいにしか考えていなかったとみえ、夜毎気楽に仲間と酒を楽しんで帰る。浩介と和江も一応学校生活を楽しんでいるようだし、岐阜での一年余りは政代さんの生涯で、操を気にかけながらも自分を楽しむことのできた日々だったようだ。

下落合で

岐阜での一年余が終ると、久直の務めも私立女子大附属小学校に決まり、下宿先も附属小に通う娘の親が持つ会社の社宅にということで、それも皆在京の久直の友人達の手配によるものだったが、せまいながら一軒家に恵まれ、落着くことができた。新宿区下落合一ノ二四七という所で、神田川の近く、当初家には、久直と浩介が手造りの五右衛門風呂を備えるまで、風呂が無く、後「神田川」という流行歌がはやりだした頃、その唄の文句に合わせよくその頃のくらしを想い出したものだ。

五右衛門風呂には、玲子も目白の雑居アパートから二人の児を連れて徒歩で入りに来た。附属小の親たちが裕福で、そこからの進上物に助けられてはいたものの、政代さんには家計は楽でなかった。教師をしていたせいで、食事には栄養価に神経を使い、出す果物は必ず四分の一か二分の一に分けた。取っている牛乳も一本で、それを進上物の紅茶に薄めて四人に呑ませた。風呂も三日に一度とした。浩介も和江も僅かなお年玉ぐらいで、長く小遣いは与えられなかった。分かっているから二人共不満を持つことはできなかった。前の通りを上落合にある病院へ体の血を売った（当時献血者をそう呼んでいた）人たちが、青リンゴを一つ握って、ぞろぞろ歩いて帰る姿が、毎日のように見られた時代でもあった。時に浩介が昼時帰宅してみると、政代さんはコッペパンにマーガリンを塗って、それ一つを昼食にしていた。あの栄養価を気にする政代さんがと、浩介も胸をつかれた。

幸い、世の中も少しずつ良くなってくると、浩介が大学に進んだ頃には小さな画塾に通わせたり、和江には踊りを習わせるくらいの余裕を持てるようにはなる。政代さんも教会に通えるようになる。教会は目黒にあった。山から出て以来、政代さんの信仰心がどの様に変わったのかは、周わりの者には分からなかった。そうしたことに関して、態度にも口にも表わす人ではなかった。

人のくらしに何らかの苦がついて回わるのは、誰れしもと言ってしまえばそれまでだが、政代さんも例外ではない。特筆するとなると、やはり久直が亡くした妻への実家との交わりは、上京後の彼女に、他人に無い苦を与えていたと思う。久直の真意がどこに有ったのかは、少なくとも政代さんには伝わっていたとしても、浩介や玲子には見当もつかなかった。亡妻の実家と、死後三十年余も何故縁を断つことをしなかったのか、浩介は政代さんの苦衷《くちゅう》を推しはかって、内心父親をなじっていた。加えてこの実家というのが並外れて気位高く振舞う者たちで、家中の都合を理由に、浩介たちには祖母に当たる病体の老母を看病させることまでしていた。その時にはさすがに玲子が、久直に向かって、何でそこまでおかあさんにさせなくてはならないのかと責めたことがある。

尚浩介自身が政代さんにかけた苦労は数えきれない。いわゆる思春期というのに入って、理屈に合わない不機嫌をしかけていたこと、大学に進んでも、当時もて囃《はや》されていた太宰治、坂口安吾らにかぶれて、彼女を悩ませていたこと。久直の古いトンビを羽負って、高下駄を引きずりながら、飯時とも言わずプイと外へ出る、その装りでその気も無いのに、線路の上をウロついたり、帰っても、夕飯に手もつけず、フスマ境の自室に閉じこもったり。久直に助けを求めても、彼はあんな者にかまうな、放っとけと言って、自分は児童文学の仲間とやらとの飲み会に呆けているだけだった。男の子は分からない……と、サジを投げるより他なかった。それだけで治まらず、授業は欠席づくめ、卒業式にも顔を見せないで、かあさんが代わりにサトウ先生から頂いてきたわよ……そこまでは、可愛らしい御乱行で済んでいたものの、アルバイトで貯めたカネで卒業旅行をするとか言って出かけたはいいが一緒に行ったバーの女の子を妊娠させてしまった。女の子は自分で始末をするから自由にさせて呉れ、私はこのまま故郷に帰ると手紙で知らせて呉れたから、結果としては無事？　に済んだものの、その時はさすがに政代さんも驚いて、浩介を戒める気もあったに違いない、浩介の襟首を掴むようにして、その子の下宿先を尋ね歩いたり、果てはその子の郷里まで訪ねようとして呉れたが、それは久直にも止められて、浩介としては事無きを得た。

　こうした乱行に併せて、申し開きをしておかなくてはならない事もある。彼は山を離れて以来、夏休みに入ると急ぎ帰山するのを常としていた。理由は唯一つ、好きな釣りの為と言っていい。山に残した祖父母への孝養の為でもない。独りにさせた姉、操の為でもない。幼な馴みと遊ぶ為でもなかった。ただ終日、渓流でアマゴを釣る、川瀬でアユを釣る、そのことだけに呆けて過ごすことから、寸時も離れ難かったからにすぎなかったのだが。それを山に居るサキや玲子、久直の妹たづ子らが曲解してしまった。あれは、政代さんとの間が面白くないからではないか、それで、山の者らが生きとるうちに江戸と背中を見て死にたいとまで憧れる東京から、あんなにこまめに山へ帰る訳がない……。ある時玲子からその真偽を問われて、浩介は絶句した。そんなことは絶対無いと、姉さんから言ってくれと頼んでも、あたしの口から言えることでもないでしょ、あんたが蒔いたタネなんだからと断られた。かといって自分から言い出せることでもない。まさか政代さんがそれを流れ聞いて長く悩みの一つにしていたとも思いたくないが、それでも浩介にしてみると、魚釣りをすることについては何の罪悪感もなく、まして政代さんに対しては、毫も反感を抱いたことがなかったから、これは生涯何ともできない懸念で終わることになった。

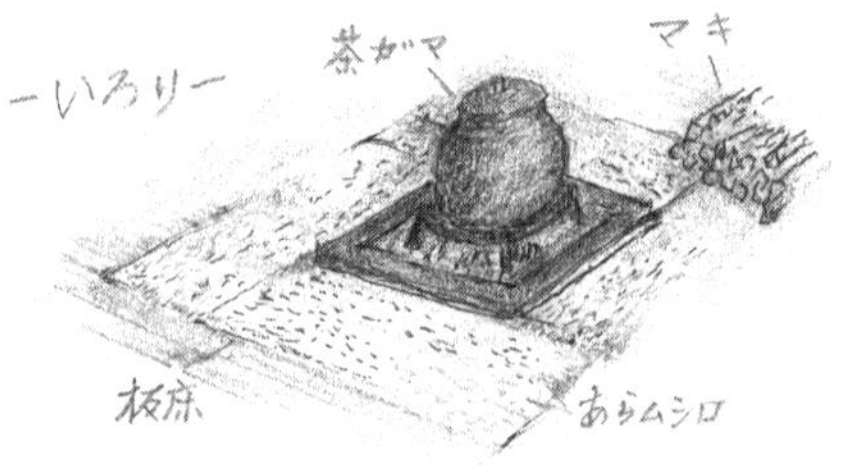

田無で

かけた苦労はそれで終らなかった。其の後幾分間をおいて、浩介結婚後十年近く後、彼は女性が因で離婚騒動を起こした。挙げ句そのあと、その女性との絡みで自殺まがいの事件まで引き起こす。

政代さんは、本人とその子ども二人を、広くもない家に引き取り、その世話をしなくてはならない嵌めになった。その時には、これも彼の離婚騒動のあおりで、連れ合い（林平）を亡くし山で居辛らくなったサキをも引き取って暮らしていた。家は田無市に越して四、五年も経っていたろうか。買物には、界隈に一つしか無い雑貨屋まで、徒歩二十分ばかりを要していた。浩介親子の世話は半年余り続き、親子は、其の後山に帰った。

伊豆で

この田無での暮らしの後、政代さんは、久直がかねてから念願にしていた、伊豆半島（河津町筏場陶芸村）での暮らしに入ることになる。伊豆は、何かと文人達の足跡の多い土地で、久直もその暮らし振りに、この地に住むことを若い頃から夢見ていたのだと、それは政代さんが語っていた。地価もそれ程でなく、いわゆる別荘地。地続きに玲子や和江にも土地を買わせた。久直の母親サキはまだ健在で、個室にテレビ一台を与えられ、昼のアラワなメロドラマを観ながら、ここで九十六歳まで生きた。サキは驚くばかり意志力の強い女性で、老齢のせいもあってか、あの山での暮らしの中で見せていた自制心も薄くなり、殊に晩年の数年は、政代さんを悩ませること度々であった。幸い浩介だけは、その後周りにこれといったトラブルを起こすことでもなく何とか岐阜で無事に過ごしていた。

　唯、政代さんが、肉体的に苦労したのは、住まいと決めた所が、バスも通わない、急斜面を、自動車で二十分近くも登り詰めた所。買いものには優に三十分かけ、小さな雑貨屋へ、日常の買い物に出かけなくてはならなかった。それでも、文人気取りの夫の日常感覚には、彼女も同感しているところもあって（浩介に語ったことで、ただ本心であったかは疑わしい）そこでの日常を楽しんでいた。町に降りて（総てタクシー）茶の仲間も作り、短歌も楽しみ、教会には三島の街まで通ったりしていた。

感心なのは、この頃から政代さんは老化による脚の衰えを防ぐ為、毎日行程を決めて散歩に励んでいたこと。雨の日は屋内を歩いて鍛錬を欠かさなかった。それを晩年にも続け、理由は、年取って周わりの者にできるだけ迷惑かけたくないからだと言っていた。その姿に、殊にそうした行ないに背を向けっ放しで生きてきた浩介は、彼女の一途に生きる精神力を見る想いがして、心を打たれた。

一途に生きる姿といえば、政代さんの信仰生活はどうだったろう。

意外にも彼女は、浩介を前に、イエスのイの字も口にしたことが無かった。そして無言のまま、これは下落合で別れてから全く欠かすことなく、誕生日の度に、イエスの言葉と共に誕生カードを贈ってきた。浩介結婚後も妻と子どもたちに贈り続けて呉れた。玲子夫妻その子たちにも同じで、それを他界するまで欠かさず続けた。三島への教会通いも、それが難しくなると、娘和江から送られてくるミサの録音を枕元に置いて聴き入った。齢のせいで音量高くなると、たまたま居合わせる浩介などに、うるさくて御免ねと詫びながら、聴いていた。そうした姿は、実に一途というより他ない、信徒の姿だった。

その姿を横に、常に浩介が感じた不思議は、彼女の仏教に対する思い。

夫久直に先発たれた時にも、彼女は何の迷いを示すことなく仏式の葬儀で送り、遺骨は鯖江市に在る本山に預けに行った。その旅にも、そこでの式にも、喪主としての姿を隠そうとしない。浩介は長期休暇毎に訪ねていたが、久直とその両親を祀った小さな祠には、いつも野のものも交えた仏花が供えてあった。そして浩介に、お経をあげてと頼む。そしてその読経の間にも、浩介の後ろで身じろぎもせず正座して、掌を合わせているのだった。

彼女は久直のことを、玲子が常々あきれた口調で言うほど、献身的に愛したひとだったが、いずれ久直も他界すると思った時に、その他界先をどう想像していたのか。ふと、山でキクを失なった時の、あの政代さんの哀しみを想い出す。彼女は独りそういった悩みに耐えていたに違いない。久直も相手にはなっていたろうが、さほどの慰めにもならなかったろう。彼の間での信仰の相違に関する話は、おそらく結婚前から、それなりに話がついていただろうから……。勿論そこでの結論など、現実に死別を目にして、どれだけ効力あるものかは疑わしいが。

政代さんは、自身の悩みに真摯に向き合わない人ではなかった。他人のものにも真剣な人だった。思いやり深い人だった。

　然しそれにも拘らず、その真情を表に出す人でもなかった。絶えず控えめの人だった。……と、ここにきて、思い返す。そうばかりでもない。彼女が教師をしていて、子どもたちを前にした時は異っていた。その時の教え子たちは、異口同音に、政代先生は怖わかったと言う。優しくて良かったと言う者が余り居ない。家も貧しく体も小さい下級生を、四人がかりで手脚を持ち、雪の中へ放りこんで泣かせた時には思いきり叱られたと語る当時の悪児たちは、今でもその怖わさを繰り返す。然し浩介は、山から出て以来、そんな政代さんを見たことがなかった。あの酒場の女のひとを妊娠させた時にも、さすがに厳しい表情は見せてもそこに怒りの情は見せなかった。女性がらみの自殺まがいの件の時には、優しい温かささえ見せて呉れた。

　政代さんは百歳近く生き、語る浩介も今八十半ばになって、敗戦の時以来七十年余のつき合い。他に様々な交情の在ったことは語り尽くせる訳もないが、この文の末筆としてどうしても伝えておきたいことが一つ有る。

　彼女の生涯からすれば僅かな年月だったが、事情で彼女は、当時伊豆の家で晩年の一時期を独り暮らししたことがある。娘の和江が愛知県の岡崎市から通って世話をし、浩介はその間にほんの一時、お茶を濁す程度の見舞いをしていた。その最終日、彼は生まれて初めて、感慨をこめて、彼女と別れの想いを交わし抱き合った。眼を見つめ合い、長い間母と子の関係に結ばれ合ってきながら、こんなに感情露わに抱き合うことは無かったわねという想いが、政代さんからもはっきり伝わってくる抱擁だった。それは、浩介が一度車に乗りこみ、高く繋った生け垣の門口に、心細気に掌を揚げている政代さんを見つめ直した直後に起きた、浩介の、惜別の情に端を発した行動からだった。乗った車から馳け降り政代さんに走り寄ると、浩介はその細い体にすがるように、政代さんを何の迷いもなく抱きしめた。政代さんもそれを、唐突感無く受け止めて呉れた。言葉は無かった。時間は分からなかった。どんな素振りを残して車中の者になったのか浩介は今も記憶に無い。残っているのは、その場を百メートル余りも離れたバックミラーの中の、激しく掌を振る小さな政代さんの影……。

浩介は今思い返して、ああ、あれが政代さんとの、本当の今生の別れだったのだと思っている。その後かすかな曲折を経ながら、彼女は数年もの間この世を生きたのに……。享年九十九歳。年の十二月十五日が彼女の命日であると妹から後できいた。

ちなみに彼女の葬儀は日本キリスト教団三島教会で行われた。既に若くして洗礼を受けていた娘和江の主導によるものだった。

末筆に一言。
人は皆「人」に出逢って生きている。

伊豆で

著者紹介
平方浩介（ひらかた　こうすけ）
旧・岐阜県揖斐郡徳山村戸入（現・揖斐川町）を故郷として住み、そこで同村小学校戸入分校の教員を勤めながら大半を徳山ダム建設問題の渦中で過ごす。児童文学を趣味として、徳山村を舞台とした作品『じいと山のコボたち』は神山征二郎監督によって『ふるさと』という映画にされたこともある。2006年『日本一のムダ』―トクヤマダムのものがたり―（燦葉出版社）。児童文学作品としては他に数冊ほど。
カバー画　古田恒二
挿絵　平方浩介

政代さん ―1945年徳山村（今はダムの底）の記憶―

2020年7月27日　初版第1刷発行

著　者　平方浩介
発行者　白井隆之

発行所　燦葉出版社
東京都中央区日本橋本町4-2-11
電話 03（3241）0049　〒103-0023
FAX 03（3241）2269
http://www.nexftp.com/40th.over/sanyo.htm

ＤＴＰ・印刷：日本ハイコム株式会社